Valerio Mieli

DIX HIVERS
À VENISE

Traduit de l'italien par Laurent Lombard

Massot Éditions

PREMIER HIVER
Novembre 1999

Depuis le vaporetto plein de gens trempés de pluie qui revenaient de leur travail, j'observais, englués dans le brouillard, les lumières et les palais de Venise. Je m'efforçais de lire l'essai que j'avais avec moi, mais je restais bloquée sur la même page : l'émotion me faisait regarder au-dehors.

J'étais contente d'avoir demandé à papa de ne pas m'accompagner dans ma nouvelle maison. Et j'étais contente de ne pas devoir vivre avec d'autres étudiants, afin de pouvoir me concentrer. Même si, depuis cette île éloignée dont je découvrais tout juste l'existence, je devrais affronter chaque jour une heure de trajet pour rejoindre l'université.

J'étais nerveuse et excitée à la fois, et ça ne me plaisait guère : je ne vivais pas ce moment unique avec l'intensité que j'avais espérée. Peut-être qu'un jour j'allais devenir plus sereine ; mais alors, sans doute que je ne serais plus aussi excitée…

Nous avions laissé derrière nous les dernières lumières pour nous engager dans la lagune noire. Il pleuvait toujours et les gens restaient agglutinés à l'intérieur, me faisant sentir en faute : avec ma lampe et mon sac à dos j'occupais un espace précieux. Cet énorme lampadaire, avec son abat-jour en parchemin, j'avais absolument voulu l'emporter avec moi. Il donnait une belle lumière, une lumière parfaite pour lire.

Le moteur était si bruyant qu'il semblait devoir casser d'un instant à l'autre. Il n'y avait pas beaucoup de touristes, juste un couple d'Allemands qui s'étaient peut-être égarés. Les autres, c'étaient des étudiants, un groupe de Pakistanais et une ribambelle de petits vieux.

Au fond, un garçon apparaissait et disparaissait derrière la foule. Il relevait et rabaissait la branche d'un arbuste d'où pendaient de gros fruits orangés ; mais pour comprendre ce qu'il faisait je devais me rapprocher, or je ne voulais pas qu'il me repère. J'ai laissé tomber et maintenant que par la vitre on ne voyait plus rien, j'ai enfin tourné la page.

Elle était rigolote avec ses joues rouges et ses cheveux bruns coupés au carré. On aurait dit un gamin bien sage.

On s'approchait lentement de l'arrêt. Les gens s'agitaient autour de moi, me heurtaient l'épaule, compliquant de nouveau ma lecture. Le bruit du vaporetto dans la manœuvre d'accostage était encore plus fastidieux.

Les deux touristes, les étudiants, la plupart des personnes âgées étaient descendus et ceux qui restaient avaient trouvé une place assise.

Maintenant, pour voir le garçon avec son arbre, il me suffisait de lever la tête.

Elle regardait dehors. Comme moi elle avait un gros sac à dos et, à côté d'elle, un lampadaire avec un abat-jour qui surplombait sa tête. Elle était assise ici comme dans son salon.

Je le trouvais beau garçon. Il jouait avec un enfant, chinois ou japonais. Il abaissait la branche de l'arbuste et, dès que le gamin sautait pour attraper un fruit, il la relevait et l'autre ratait son coup en riant. Les fruits étaient des kakis (« kakisses » comme disait ma grand-mère, et papa « dios-pyros ») et l'homme que l'on remarquait au milieu des gens à cause de son duffle-coat bleu électrique et ses yeux noirs, vifs et sincères, m'avait regardée.

Déjà, j'étais amoureux.

Il m'avait vue et il m'avait regardée. Et il avait vu que je l'avais vu.

Je me suis remise à lire mais il était trop tard. Maintenant il avait bel et bien vu que je l'avais vu.

Qui sait d'où elle est. Qui sait ce qu'elle fait ici.

Je ne pouvais pas trop l'observer, sinon j'allais me distraire et le gosse en profiterait pour arracher un kaki de mon arbre.

J'aurais bien enlevé mes lunettes et mon bonnet, mais on aurait pu croire que…

J'ai risqué un sourire. Elle a baissé les yeux. Peut-être que je m'étais raconté des histoires, avec ces deux demi-regards. Peut-être que c'était une idiote. Et peut-être que, à mieux la regarder, elle était moche. Mais non, ça ne se pouvait pas. C'était l'amour de ma vie et je raconterais à nos petits-enfants cette rencontre, le jour de notre premier jour à Venise. À vrai dire, j'avais trouvé un autre potentiel amour de ma vie, dans le train, mais pendant tout le voyage je n'avais pas eu le cran de lui parler. Elle était aussi trop vieille : dans les vingt-deux, vingt-trois ans. Et puis, quand elle s'est mise à parler, quand un type laid et quelconque du compartiment d'à côté est entré et, sans façon, lui a posé tout un tas de questions, j'ai compris que cette fille, pour laquelle j'avais écrit des poésies de Florence à Ferrare, n'était rien pour moi. Et puis elle s'appelait Ilenia, et ça ne pouvait pas être le prénom de la femme avec qui j'allais partager la fabuleuse existence qui m'attendait.

À présent les gens descendaient en masse, ça devait être un arrêt important. Dans un instant le garçon aux kakis passerait devant moi.

Probable que, quand tout le monde sera descendu, elle ne sera plus là et moi j'aurai loupé la chance de ma vie. Ou bien, je me disais, je la rencontrerai de nouveau en me baladant dans Venise, va savoir quand. Mais j'entrevoyais le haut du lampadaire, immobile. Peut-être qu'elle ne descendrait pas.

L'arbre à kaki était toujours là et d'ici peu j'allais le revoir lui aussi.

Le voilà. Il n'était pas descendu. Le vaporetto repartait et il n'était pas descendu.

Maintenant, sous les néons, dans l'obscurité de la lagune, il ne restait que nous. Face à face. Moi à un bout du bateau, lui à l'autre.

Peut-être qu'elle l'avait fait exprès. Elle aurait dû descendre mais elle était restée pour moi. Ou bien elle ne s'était même pas aperçue de ma présence, elle pensait seulement à son livre, ou à son copain, ou alors elle ne pensait à rien du tout parce qu'elle était idiote.

Si je me lève et que j'y vais, je fiche tout en l'air. Oui, mais si elle descend au prochain arrêt ? De toute façon, je n'aurai rien à lui dire.

Il me regardait.

Elle ne me regardait pas, mais elle sentait sûrement que je la regardais.

Il me regardait encore. J'étais mal à l'aise, et plus je cherchais à le cacher plus je m'énervais, avec des gestes pataudes que personne qui ne se sait pas observé ne ferait.

Avant le moindre mouvement, même le plus naturel, je me demandais comment l'exécuter, combien de fois, avec quelle ampleur : j'avais oublié les gestes banals. Combien de fois on se touche les cheveux ? Est-il plus naturel de rester sans bouger quand on lit, ou bien de regarder dehors de temps en temps, de vérifier l'heure qu'il est ? Au bout de combien de secondes je devais tourner une page ? J'étais en sueur.

Je n'ai plus réussi à rester assise.

Elle s'est levée et j'ai ressenti en même temps du soulagement et de la tristesse. Mais non, elle ne s'était pas levée pour descendre : elle avait laissé là le lampadaire et son sac à dos. Elle allait juste demander quelque chose au conducteur ou comment diable on les appelle sur les vaporettos ; mais il était clair qu'elle avait agi pour cacher son embarras. Du moins, je l'espérais.

C'était mon arrêt : celui où j'allais descendre pendant toutes les années à venir. La petite maison où je vivrais jusqu'à ma maîtrise, voire le doctorat, et qui sait pour combien de temps encore ; peut-être pour toujours. Pourquoi me laisser perturber par quelqu'un qui voyageait sur le même vaporetto que moi ?

Je suis retournée à ma place, les yeux baissés pour ne pas croiser son regard. Au moment de m'asseoir j'ai ressenti une pointe d'angoisse. Même si j'ignorais ce qui s'était passé, quelque chose m'obligerait à agir : mon livre, mes lunettes et mon bonnet avaient disparu du siège !

Elle avait enfin levé les yeux. Je sentais son regard sur moi. J'avais pris et mis ses grosses lunettes et je gardais la tête baissée sur son livre. La ligne que je fixais, et que je voyais floue, parlait de quelque chose de russe. J'avais les oreilles moites. J'ai pensé qu'elle devait être très myope et que peut-être un jour ça deviendrait un problème. On aurait des enfants très myopes ? Va savoir comment elle s'appelle, je me demandais aussi. Elle doit avoir un prénom de myope.

Pourquoi il avait fait ça ? C'était une sorte de jeu ? Et pourquoi c'était moi qui me sentais mal à l'aise, alors que c'était lui qui avait fait un geste déplacé ?

J'aurais pu aller le voir et lui sortir une plaisanterie. Mais peut-être que c'était un cinglé, un type dangereux. D'ailleurs, il était bizarrement habillé, avec ce duffle-coat bleu électrique. Et puis cet arbuste…

Mais il était beau. Il était à la fois beau et ridicule.

Je restais plantée là, entre les rangées de sièges en formica couleur bleu pervenche, sous la lumière capricieuse des néons, les jambes écartées pour ne pas tomber sous les secousses. J'espérais qu'il allait faire quelque chose.

Le vaporetto accostait de nouveau. J'ai pensé : et si elle s'en va et qu'elle me laisse comme ça, avec ses affaires, qu'est-ce que je fais ?

Je ne voudrais pas passer pour un voleur fétichiste.

Pendant un moment, j'ai cru que jamais je n'arriverais à faire ces cinq pas qui me séparaient de lui et à lui parler ; que j'allais partir, lâchement.

De nouveau le râle du vaporetto qui accostait et c'était mon arrêt. Je lui laisse tout et je descends, j'ai pensé. Qui le saurait jamais ?

Mais sans mes lunettes je n'allais même pas trouver la sortie. Alors je me suis avancée.

« Tu me les rends, s'il te plaît ? »

« Hein ? »

Instant de gêne. Je n'avais pas prévu cette situation. Elle était là, debout, sans pouvoir descendre si je ne lui rendais pas ses affaires. Je cherchais une façon digne de le faire, peut-être même un mot brillant. Mais rien, je me suis contenté de la regarder avec l'air hébété d'un chien qui implore pitié, feignant l'innocence.

Il a levé la tête et j'ai failli rire. Mes lunettes lui faisaient des yeux énormes et mon bonnet de laine pendait de travers. Je me suis pourtant retenue et sans doute pour cela, ma voix a pris un ton trop sec.

« Mon livre, mes lunettes. Tu me les rends ? »

J'ai obéi. Sans avoir le courage de rien ajouter. Pendant ce temps, le vaporetto s'était arrêté encore une fois. Tout s'est accéléré. J'ai essayé de sourire mais j'ai été trop lent et quand je me suis fabriqué une expression qui pouvait coller, elle s'était déjà retournée.

J'ai repris mes affaires et je suis descendue. J'étais nerveuse comme si je les avais volées.

Moi je suis resté là comme une andouille. De toute évidence, c'était une dure.

***

Avant ce jour-là, je n'étais allé à Venise qu'une seule fois. En voyage scolaire. J'étais resté en arrière et on m'avait perdu. Je m'étais donc mis à marcher au hasard, tournicotant partout dans la ville. La police m'avait retrouvé à la nuit tombée. Mais en attendant, ces endroits que j'avais vus – avec, à la place des touristes, des gens qui déchargent des frigos de leurs barques et toutes ces choses qu'on voit dans cette ville si on se balade sans but – m'avaient tellement fasciné que quand j'ai dû choisir mon université, j'ai choisi de venir ici.

Pour le moment, j'allais habiter chez une tante un peu hippie qui vivait au Lido, que je n'avais pas vue depuis des années et que je n'avais aucune envie de revoir. De ce que je m'en souvenais, elle ne devait pas non plus trop se réjouir de m'avoir dans ses pattes. Mais bon, c'était temporaire, jusqu'à ce que je me trouve une chambre. Dès le lendemain, j'irais regarder les annonces.

J'étais toute seule sur l'embarcadère et je regardais le plan déjà tout taché par les gouttes de pluie que m'avait dessiné l'agent immobilier. La petite maison, je l'avais trouvée dans le journal (à l'époque on n'utilisait guère internet pour ces choses-là) mais je ne l'avais jamais vue. Je savais juste qu'elle était isolée, qu'elle avait une sorte de jardin et une véranda et ça m'avait suffi.

Ça ne pouvait pas finir comme ça, je ne pouvais pas ne plus la revoir. J'ai attrapé le sac à dos et le kaki et, avant qu'on ne referme le portillon, j'ai sauté du bateau.

Mais dès que j'ai entendu le vaporetto repartir, j'ai regretté. « Je prendrai le prochain », me suis-je dit.

L'embarcadère était suspendu dans le néant. Tout au bout, une vingtaine de mètres devant moi, elle marchait, digne mais avec peine, à cause de son drôle de lampadaire.

Je n'avais pas encore fini de décider si j'étais soulagée ou déçue que ce garçon soit sorti de ma vie, que je me suis rendu compte qu'il me suivait. J'entendais des pas, ça ne pouvait être que les siens. Cet embarcadère était l'endroit le plus silencieux au monde et voilà que je regrettais le bruit terrible du vaporetto qui, d'une certaine façon, m'avait protégée. Maintenant que ce vacarme nous laissait seuls, j'étais comme nue.

Je n'avais eu aucune intention précise : ça m'embêtait de ne jamais la revoir, c'est tout. Je me suis donc retrouvé à la suivre. En attendant de trouver une idée pour l'aborder, j'ai commencé à la filer dans les ruelles désertes et poisseuses de cette île mystérieuse. Où pouvais-je bien être ? Saint quelque chose, avait dit le type du vaporetto.

Ça m'énervait de l'entendre marcher derrière moi. J'aurais voulu me concentrer sur une seule émotion. J'allais arriver chez moi – enfin, il existait un chez moi ! – et voilà que mon cœur palpitait pour une raison différente.

Je me forçais à penser à autre chose. Il y avait une boutique de fruits et légumes fermée juste à côté. Pratique de l'avoir à deux pas de chez soi, demain j'irai y faire un saut.

Mon plan disait à présent de prendre à gauche, dans la Calle del Fumo. Peut-être que j'aurais dû me retourner et lui demander ce qu'il voulait. Ou bien lui faire une réflexion amusante. Ou simplement me présenter : au fond on s'était déjà parlé. Ou peut-être qu'il ne me suivait pas, il était descendu là parce qu'il devait descendre et c'est tout. Rien de pareil ne m'était jamais arrivé. En attendant de savoir quoi faire, j'avançais dans la Calle del Fumo.

C'était une situation ridicule, mais en même temps très belle. J'aurais sans doute dû lui parler. L'appeler, me présenter, lui dire que je n'étais pas dangereux. Ou bien j'aurais dû faire comme si j'étais là par hasard, que j'allais chez un ami, ou je ne sais trop quoi. Mais c'était impossible de lui faire croire quoi que ce soit, vu qu'elle marchait devant moi et qu'elle ne pouvait pas me voir. J'espérais qu'elle allait finir par s'arrêter, me dire quelque chose sur nous deux, ou sur Venise. Ou m'embrasser !

Je devais être pratiquement arrivée. Je commençais à entendre le bruit de la mer, qui sur mon plan était cette petite ligne sinusoïdale face à la maison. Ma petite île avait aussi une plage. « Une des rares dans la lagune », m'avait dit l'agent immobilier.

Elle marchait vite, j'avais du mal à la suivre et chaque fois qu'elle tournait au coin d'une ruelle j'avais peur de ne pas la revoir. À l'évidence, mon arbre pesait plus que son lampadaire.

Ma petite maison ! C'était mon rêve de bonheur, même si dans l'obscurité, si isolée, on aurait dit un manoir de Transylvanie. Le « jardin », vanté par l'agent, était en fait une jungle de ronces et d'orties hautes comme des arbustes. De plus près, on pouvait y voir un bâtiment de cantonnier sur lequel s'appuyait une véranda de bois bleu.

C'était un endroit vraiment bizarre. Il y avait un genre de plage et un chantier naval ; et puis, entre des ronces et une vieille tour rouge, une drôle de masure sombre, couverte de plantes grimpantes. Ça faisait peur, aussi. J'étais heureux qu'elle m'ait conduit dans un endroit pareil, étrange et enchanté. Pour sûr, elle ne s'appelait pas Ilenia.

Je sentais son regard sur moi. Alors, je n'ai pas contemplé longtemps ma nouvelle maison et je suis allée tout droit à la porte. Pourtant, avant d'entrer, j'ai jeté un coup d'œil pour voir s'il était encore là.

Dès qu'elle s'est retournée, je me suis caché. Je ne sais pas pourquoi, d'instinct. Peut-être parce que, d'habitude, quand on suit quelqu'un, on ne veut pas être découvert.

Il n'était plus là. Je pouvais donc me retourner complètement : il n'était pas là.

J'étais soulagée. Mais en fait mon euphorie s'était éteinte tout à coup. Et je lui en voulais, à ce garçon, qui d'abord m'avait en quelque sorte gâché mon moment, et puis, en plus, avait disparu.

Planqué derrière un transformateur, je ne voyais rien. J'entendais seulement, de loin, d'abord les clés, puis la poignée et enfin la porte en verre de la véranda qui se refermait.

Un peu de lumière filtrait dans la véranda depuis le réverbère du dehors. Il y avait un canapé, de vieux meubles dans la cuisine, un lit et une armoire dans la chambre. Tout était délabré. Sur un mur pendouillait un horrible portrait d'une dame en fourrure et sur la table de nuit gisait un cendrier encore plein de mégots. J'étais déçue.

J'ai encore regardé à travers les vitres, mais rien, le garçon aux kakis était parti. Par la fenêtre, on voyait, de l'autre côté du canal, une grande tour de briques rouges et ce qui avait tout l'air d'être un chantier naval.

J'ai eu un instant de découragement. Seule, dans cette masure triste. L'interrupteur près de l'entrée cliquait à vide et la lumière qui venait du réverbère était maigre et grise. Je suis restée un peu assommée, debout au milieu de la pièce, songeant à retourner voir l'agent immobilier parce qu'on ne pouvait pas vivre là. Et puis j'ai branché le lampadaire qui pendant tout mon voyage m'avait rendue ridicule et, d'un coup, la masure est devenue mon chez-moi. La nouvelle maison avec la lumière ancienne.

Telle une gamine tout excitée, je me suis mise à marcher de long en large dans ces quelques mètres, pensant aux mille transformations qui la rendraient encore plus belle ; sans même me débarrasser de mon sac à dos, j'ai déplacé d'un côté à l'autre une chaise, puis une petite table, et j'ai tiré mon lampadaire à travers le coin cuisine qui donnait sur la chambre à coucher. Tout était crasseux, les murs décrépis et couverts de moisissures. Au fil des années, ils avaient dû être peints qui sait par combien de personnes différentes, et maintenant toutes les couches se mélangeaient, donnant des nuances indéfinissables qui soudain me paraissaient très belles. J'avais la violente impression que ma vie commençait à avoir un sens. Je me suis finalement souvenue de poser mon sac à dos.

En rangeant mes livres sur une étagère à la place du cimetière poussiéreux de Pages jaunes encore emballées je sentais l'envie de rire de bonheur.

Sur un torchon répugnant, j'ai découvert un chat noir. Lui aussi devait, comme la maison, avoir enduré bien des intempéries : il s'était réfugié là alors qu'il y faisait aussi froid que dehors. S'il voulait bien, il pouvait devenir mon chat. Et ainsi, en bougeant les meubles, j'ai commencé à me demander quel nom lui donner.

Que faire ? J'étais retourné d'où j'étais venu ; mais maintenant l'embarcadère désert était inquiétant. Il s'était remis à pleuvoir et un vent froid faisait clapoter contre les quais les vagues de la lagune.

J'ai pensé : je sais où elle habite, un jour je viendrai la voir. Et on se mariera. On n'est pas pressés après tout. Et puis ce soir-là ma tante m'avait dit qu'elle aurait préparé une pizza.

Alors, tête baissée, j'étais revenu sur le quai, imaginant un bateau qui m'attendait. Mais non. Pas de bateau, et il pleuvait de plus en plus.

Je suis donc resté là, hébété, jusqu'à ce qu'une vieille ouvre sa fenêtre. J'ai attendu qu'elle se mouche, qu'elle jette son mouchoir dans le canal et, alors qu'elle se penchait pour refermer ses volets, je me suis approché avec un sourire qui m'a coûté un effort énorme ; elle ne me l'a pas rendu.

« Pardon, signora, vous savez quand passe le prochain vaporetto ? »

« D'main matin. »

« Ah ! Et…, est-ce qu'il y a un endroit où coucher sur l'île ? »

« Non. »

« Un téléphone ? »

À ce stade, l'horrible vieille, qui jusque-là n'avait jamais détourné le regard de ses cyclamens, a tendu le cou comme une tortue pour examiner, au-dessus de sa tête, le triste montant de la fenêtre en aluminium et puis, en dialecte vénitien, a murmuré : « C'est pas écrit renseignements ici, si ? ».

Et bam ! elle a refermé, me laissant ruisselant, sur mon embarcadère inutile.

J'avais déniché un radiateur qui, ajouté aux trois pulls enfilés l'un sur l'autre, commençait à me réchauffer. J'allais finir de ranger mes affaires et ensuite, en me forçant un peu, parce que je n'avais pas sommeil et que le lit était très humide, j'essaierais de dormir. Mais soudain, par la fenêtre, passa l'arbuste aux fruits orangés. Ah.

Un moment après, j'ai entendu frapper contre une vitre. Secouée de ma torpeur, j'ai sauté du lit. Par hasard je me suis vue dans le miroir. Une boule de laine.

J'ai essayé de retirer les trois pulls d'un coup, en gigotant des bras et du cou, mais je m'empêtrais presque à en avoir mal ; pendant ce temps l'autre cinglé, et violent, continuait à taper, sur la vitre de la véranda et sur mes nerfs. J'ai repris mon souffle et, l'un après l'autre, j'ai enlevé le premier, le deuxième et enfin mon troisième pull-over ; alors, j'ai envisagé d'attendre qu'il s'en aille, de me planquer dans l'armoire ou sous le lit plein d'araignées. Et puis, encore une fois sur une impulsion, j'ai ouvert la porte de la chambre, j'ai traversé la cuisine-couloir en me cognant contre un placard suspendu et j'ai débarqué dans la véranda.

« Ciao. »

« Ciao. »
Le voilà, drôle d'animal tout dégoulinant, aplati contre la vitre avec son ridicule arbrisseau à la main.

« Tu me laisses entrer, s'il te plaît ? »

« Pourquoi ? »
Mon Dieu ! Mais pourquoi voulait-il entrer ? Non. C'était vraiment pas possible. Et pourquoi je n'arrivais pas à le regarder dans les yeux ?

« J'ai raté le dernier vaporetto. Je ne sais pas où aller. »

Implorant et trempé, il me regardait à travers la vitre crasseuse de la porte-fenêtre.

Elle n'avait sûrement pas cru à l'histoire du dernier vaporetto. À vrai dire, même moi, à sa place, je ne me serais pas cru. Mais c'était la vérité. Où est-ce que je pouvais aller à part chez elle ? Dehors, il y avait de quoi mourir de froid. Et elle, d'une certaine façon, je la connaissais. C'était pas tout à fait une étrangère du moins.

À nouveau, je ne savais pas quoi faire. Il me mettait en difficulté ce type. Je ne pouvais pas le faire entrer. En plus, il trimballait un arbre. Et de toute façon, ça ne se fait pas.

Tentant le tout pour le tout, je m'étais mis sous la gouttière d'où s'écoulait une petite cascade. Elle ne pouvait pas me laisser comme ça. C'était inhumain.
« Alors ? »

Au fond, j'avais bien permis au chat de rester.
J'ai ouvert.

Elle m'a fait entrer. J'ai jeté un coup d'œil alentour et posé mon kaki dans un coin. Pourquoi vit-elle dans un endroit pareil ?
« Mais tu vas vivre toute seule ici ? »

« Oui. Pourquoi ? »

« C'est un peu isolé, non ? Genre moine. »

Il sautillait partout. En un instant, cette maison était devenue la sienne et moi je me sentais de trop, ce qui me le rendait antipathique ; et en même temps je l'admirais pour la manière dont l'espace autour de lui l'accueillait avec joie, alors qu'à moi il m'opposait toujours de la résistance.
Il s'est affalé sur le canapé sans l'ombre de cette crainte que j'aurais eue dans une maison pas à moi. Le canapé a tout de suite pris sa forme.

« Je peux fumer ? »
Ce tabac, je venais juste de l'acheter, et c'était le premier de ma vie. En vrai je ne savais pas comment rouler une cigarette.
Elle était appuyée contre le montant de la cuisine, mettant entre nous le plus d'espace possible. Elle ne disait rien, mais gardait les yeux fixés sur moi tandis que je sortais une feuille et essayais d'y fourrer le tabac comme j'avais vu faire. En même temps je parlais, surtout pour

qu'elle ne regarde pas ce que je bricolais. Elle était plutôt mal partie, ma première cigarette.

Il disait qu'il connaissait un tas de gens et avait l'air très sûr de lui ; il était probablement plus âgé que moi. Si j'avais été moins nerveuse, ça aurait pu être un beau moment. En y repensant maintenant, ça a sûrement dû l'être. Mais là, je voulais juste retourner dans ma chambre.

Je lui ai demandé si elle avait quelque chose à boire. Elle s'est retournée, toujours en silence, et j'en ai profité pour faire disparaître dans ma poche l'horrible boudin que j'avais fabriqué.

Il m'avait demandé si j'avais quelque chose à boire. Évidemment il voulait faire durer la conversation ; au fond c'était normal : on ne va pas se coucher chez des étrangers sans avoir au moins un peu parlé. Je devais trouver quelque chose à dire. Dans le buffet, il y avait un genre de fiole marron. J'ai versé un verre d'un liquide qui aurait pu être du sirop de lichen et je le lui ai tendu en lui lançant :

« Tu es étudiant ? »

« Oui… enfin, pas tout à fait. Je dois encore décider en quoi. Je pensais à un truc sympa, genre : botanique, japonais, mathématiques ou… »

Devais-je croire qu'il n'était pas encore inscrit ? C'était bien possible. Ou peut-être qu'il était de ces types qui disent ce genre de chose pour faire les intéressants.

« Mathématiques japonaises… »

Elle n'a même pas fait semblant de sourire. J'étais un peu à côté de mes pompes. En vérité je m'étais inscrit en droit, c'est ma famille qui me l'avait imposé et j'en avais honte.

« Et toi ? Tu fais quoi comme études ? »

« Slavistique »

« ? »

« … Littérature russe. »

« Ah ! »

Elle aussi était venue à Venise pour ses études. Elle devait être du coin, peut-être de la campagne, mais elle n'avait pas d'accent.

J'avais énormément de mal à parler avec ce garçon.

Quand j'ai dû lui raconter que le kaki était un cadeau pour ma tante, je me suis senti un peu bête, mais à part ça, je m'en sortais plutôt bien. On ne pouvait toutefois pas tenir toute la nuit avec une phrase toutes les deux minutes.

J'avais découvert qu'il avait exactement mon âge et qu'il voulait s'acheter un canot. Mais après ça je ne savais plus quoi dire. Il y avait une tache d'humidité au plafond. Un jour ou l'autre, il allait falloir que j'aille sur le toit voir si une ou deux tuiles n'étaient pas décalées.

Je ne savais plus quoi dire. Il y avait une tache verte au plafond. D'un vert étrange pour une tache d'humidité ; vert lézard.

« Je n'y crois pas. Que tu ne saches toujours pas quoi faire comme études. »

« Eh bien n'y crois pas. »

Je ne sais pas pourquoi je l'ai agressé. C'est tout ce que j'ai trouvé pour sortir de cette situation. Même si je n'avais plus envie d'aller me coucher, j'ai dit « bonne nuit », je lui ai lancé une couverture poussiéreuse et je suis allée dans la chambre.

***

Le canapé était glacé et épouvantablement humide, la véranda pleine de courants d'air. En plus, un chat répugnant miaulait sans arrêt et avait, de toute évidence, pissé quelque part. Peut-être juste là où j'avais posé la tête. J'ai sorti de mon sac tout ce que j'avais pour me couvrir.

Je n'arrivais ni à lire ni à dormir. Alors je suis sortie du lit et, sur la pointe des pieds, j'ai gagné la porte pour la fermer à clé ; mais j'ai tout de suite fait demi-tour et j'ai rouvert : le geste m'avait semblé stupide. Je me remettais au lit quand il a frappé.

Heureusement que j'avais rouvert la porte ; ça aurait été embarrassant de devoir donner deux tours de clé avant de lui ouvrir.

« Qu'est-ce qu'il y a ? » j'ai demandé, du ton le plus méprisant que je pouvais.

Il était enveloppé dans la monstrueuse couverture orange que je lui avais donnée. Son nez était presque bleu.

« Comment ça se fait que le chauffage ne marche pas ? »

« C'est qu'il n'y en a pas. »

« Ah ! »

Elle gardait la porte juste entrouverte, peut-être pour que je ne la voie pas en pyjama. Mais j'ai instinctivement allongé le cou pour regarder à l'intérieur : il y avait un petit radiateur.

Il a découvert le radiateur. C'est sûr que de l'autre côté il devait faire vraiment froid.

***

Le radiateur pivotait, nous éclairant et nous laissant dans le noir. Parce que nous avions aussi réuni nos couvertures, il faisait maintenant nettement meilleur.

Nous nous étions glissés sous les draps en silence, sans nous regarder, et tout de suite elle s'était tournée vers le mur.

Je ne voulais pas respirer trop fort et avoir l'air nerveuse d'être dans le même lit. Mais plus je me forçais et plus j'avais l'impression de faire un bruit insupportable. Si bien que quand il s'est mis à parler ça m'a soulagée.

« Tu dors ? »

« Mmm ? »

« Tu dors ? »

« Un peu. »

« Écoute… Ton livre, avant, sur le vaporetto. Excuse-moi. J'ai fait ça pour me faire remarquer. »

« Je t'avais remarqué de toute façon. »

J'étais content. Elle a fait une pause plutôt longue et puis :

« Il n'y avait plus que toi. »

Ça m'a vexé. Pourquoi me traitait-elle comme ça ? J'ai rattrapé le coup en sortant courageusement ma main gelée de sous les couvertures. Je la lui ai tendue pour qu'elle la serre.

Sa main était grande et froide.

« Silvestro. »

« Camilla. »

« Joli prénom, Camilla. »

Quoique nous soyons dans le même lit, il s'agissait de notre premier contact physique.

On parlait à mi-voix, va savoir pourquoi vu qu'il n'y avait personne que nous pouvions déranger. J'aimais bien être là avec lui. J'étais très tendue, mais j'aimais bien.
Je me suis légèrement tournée vers lui.
« Vraiment, tu trouves ? »

« Non. J'ai dit ça comme ça. »

Et le tien ? Il est beau peut-être ?

On est restés encore un moment sans rien dire, puis elle s'est retournée vers le mur.

« Bonne nuit. »

« Bonne nuit. »

***

Quand je me suis endormie, c'était déjà presque le matin. Dans son sommeil, Silvestro m'avait pris toutes les couvertures et je n'avais pas eu le courage de les reprendre.

Pendant la nuit, j'avais essayé de me rapprocher d'elle, mais j'avais fini par m'écrouler.
J'avais été réveillé par les hurlements monstrueux des goélands.

Je n'avais pas fermé l'œil, du moins c'est ce qu'il me semblait. Lui, en revanche, s'était endormi tout de suite. Il avait même ronflé. C'est parce qu'il fume, j'ai pensé, qu'il ronfle comme ça. Mais maintenant, à sa façon de respirer, il me paraissait réveillé. Je ne pouvais pas en être sûre, parce que j'étais restée recroquevillée contre le mur et, même si mon dos me faisait mal, je n'avais aucune intention de bouger.

Je l'avais fait. J'avais collé ma jambe contre la sienne et elle n'avait pas bougé. Ou peut-être que si, qu'elle l'avait très légèrement rapprochée, qu'elle l'avait avancée contre la mienne !

Ou peut-être qu'elle dormait et ne bougeait pas du tout.

J'avais l'impression qu'il bougeait pour venir plus près de moi, mais ce n'était sans doute que mon imagination. Je n'arrivais pas à comprendre si j'étais immobile ou bien si, imperceptiblement, je faisais un peu pression moi aussi. Ce qui est certain, c'est que je ne m'étais pas éloignée.

Je n'avais pas vraiment envie d'en faire davantage : j'étais content comme ça. Mais je ne voulais pas non plus paraître empoté ou lâche. Et ne rien tenter, c'était presque dommage.

Peut-être aussi que je ne lui plaisais pas. Ou qu'elle dormait pour de bon.

Il se rapprochait, maintenant j'en étais sûre ; il se penchait au-dessus de moi ! Oh non, il me recouvrait avec le drap ; trop mignon.

Elle s'était tournée un peu vers moi, gardant toujours les yeux fermés.

Pourquoi il ne retournait pas à sa place ? Il était encore tôt. On pouvait encore faire un peu semblant de dormir.

Elle avait une odeur, ce n'était pas un parfum, mais une odeur. Une bonne odeur.
À présent on entendait au loin les cloches, et un rayon de soleil était entré dans la maison.

Je n'avais encore jamais embrassé personne. Je ne sais pas trop pourquoi, ça n'était jamais arrivé. Je me suis tournée encore un peu, toujours les yeux fermés. Oh mon Dieu !

J'étais maintenant penché au-dessus d'elle.
Je n'avais plus qu'à l'embrasser.

Je me suis écartée. Pourquoi m'étais-je écartée ? Pourquoi ? Il avait essayé de m'embrasser et je m'étais écartée. À ne pas y croire.

Elle s'est écartée !

J'avais eu un mouvement de recul comme quand on touche quelque chose de brûlant. D'instinct, sans réfléchir, je m'étais tournée de l'autre côté. J'avais senti un long moment la chaleur de son haleine, puis ses lèvres contre les miennes, et c'est là que j'avais reculé.
Un autre moment infini a passé. Puis Silvestro a reposé la tête sur son oreiller et on est restés un bout de temps comme

ça, retenant notre souffle, jusqu'à ce que, d'un bond, il se lève.

« Donc, peut-être que je… peut-être que je vais y aller », j'ai dit.

Et alors j'ai grogné. Un grognement d'approbation. Comme si je dormais, même si maintenant il était clair que je ne dormais pas. Mais je n'ai rien trouvé de mieux à faire que grogner.

Il était évident qu'elle ne dormait pas. Je me suis levé. Pourquoi j'avais fait cette chose stupide, ce demi-baiser dont je n'avais même pas envie ? Pourquoi je m'étais rendu ridicule ? Pourquoi depuis toujours je n'arrivais qu'à me rendre ridicule ? J'avais peut-être mauvaise haleine.

Et il m'a plantée là, comme ça. Idiote que je suis.

***

L'île avait effectivement une plage. Il était très tôt et il y avait un brouillard très épais.

Sur la mer, on voyait comme des dessins noirs, certains immobiles, d'autres à peine en mouvement. Les pétroliers au large.

Je me suis promené sur le sable, même s'il faisait encore froid. Qui sait si le vaporetto passait déjà à cette heure-ci ? Tout compte fait, ça avait été une belle première nuit. Même si elle avait fini comme elle avait fini. Je la reverrai ? Bah ! Et va savoir combien de filles plus belles j'allais rencontrer, combien de grandes amours m'attendaient dans ma nouvelle vie.

À l'autre bout de la plage, quatre jeunes manœuvraient un cerf-volant…

Dans la maison, il n'y avait rien à manger. Et puis j'avais envie d'explorer l'île.

Derrière le chantier naval se trouvait un bistrot. À l'intérieur, les habitués en étaient déjà au petit blanc.

C'est ainsi que j'ai connu Simone, que j'ai trouvé odieux, Elena, toujours dans ses bras, Niccolò, le seul Vénitien du groupe, et Ermanno, le propriétaire du cerf-volant, barbu, de loin le plus sympathique.

Dès le premier jour, j'avais fait connaissance avec des gens, au fond, tout était simple. Et il se pourrait bien qu'ils aient aussi une chambre à me louer ! J'allais peut-être éviter de passer une seule nuit chez ma tante.

Je petit-déjeunais à côté d'un vieux qui jouait au vidéo poker quand je l'ai vu par la fenêtre. Au loin, dans le brouillard, sur la plage ; il parlait avec des jeunes. C'était donc vrai, il connaissait du monde à Venise. Alors pourquoi il avait passé la nuit chez moi ? Pour moi ? Et est-ce qu'il espérait me rencontrer à nouveau ?

Je les ai regardés un moment. Puis j'ai commandé un cappuccino pour lui, j'ai transvasé le mien dans un gobelet en plastique et je suis sortie.

« Et c'est combien ? »

« Trois cent cinquante mille lires, plus les charges. » Ce Simone ne voulait pas de moi. À l'évidence, il me trouvait stupide.

Tandis que je réfléchissais à ma réponse, je l'ai vue, qui s'avançait dans la blancheur de la plage. Elle n'est pas venue vers moi, elle s'est placée à une centaine de mètres, au bord de l'eau.

Moi, j'ai fait semblant de rien. « Si elle veut, elle vient », je me suis dit.

Il ne m'avait pas vue, ou il avait fait semblant de ne pas me voir. Alors je suis allée m'installer comme eux, près de l'eau, mais un peu plus loin.

Heureusement que je lui ai laissé le kaki. Je serais ridicule en ce moment avec mon arbre. Ou bien non, j'aurais l'air plus intéressant.

Il faisait semblant de ne pas me voir. Pourquoi ?

Et alors pourquoi il m'avait laissé son arbuste ? J'avais trouvé ça gentil qu'il m'en fasse cadeau.

De toute façon, c'était vraiment romantique de lui avoir laissé le kaki. Même si elle ne le méritait pas, après m'avoir repoussé.

C'était humiliant de rester plantée là, sur la plage, avec deux cappuccinos chauds.

Mais peut-être qu'il ne m'avait pas reconnue à cause du brouillard. Moi j'arrivais pourtant à le voir assez bien, toute myope que j'étais, donc lui devait sûrement me voir aussi.

« Tu la connais ? » m'a demandé Simone, toujours enlacé à sa blondinette et avec son petit air de prof. Qu'est-ce que je pouvais répondre ? Je la connaissais ?

« Vaguement. »

Je n'entendais pas ce qu'ils disaient, mais de temps en temps l'un ou l'autre se tournait vers moi, et ça me gênait.

Je ne pouvais pas m'en aller. Si je partais, on comprendrait que c'était pour lui que j'étais venue et je serais ridicule. Et puis il faudrait que je traverse la plage avec tous leurs regards posés sur moi.

Elle me regardait encore, mais je continuais à l'ignorer. Je ne pouvais plus aller vers elle ; c'est moi qui avais tout fait jusqu'à présent. Si elle le voulait, c'était à elle de s'approcher.

Simone ne voulait pas s'occuper de ses oignons et il insistait : « Ben, vas-y non ? »

Et si je me rapprochais ?

Quelle attitude je devrais adopter ? Et comment expliquer aux autres ces deux cappuccinos ? Je ne pouvais rien faire.

Peut-être bien que je devrais quand même aller lui parler. Ça pourrait être vraiment le début d'une merveilleuse et bouleversante histoire d'amour.

« Si elle veut, elle vient », j'ai répondu au contraire à Simone.

Je m'en vais. Je l'avais assez vue, la mer.

Ils m'emmenaient voir leur maison ! Ma nouvelle chambre ! Et le soir il y avait déjà une fête.

Ils s'en allaient. Au point où j'en étais, autant rester ici. Ensuite j'irai faire un tour à Venise et j'en profiterai pour acheter du sucre et du papier hygiénique.

J'ai pris mon sac à dos et je suis parti avec eux en suivant la plage, vers l'embarcadère. Est-ce qu'elle me regardait ?

Alors j'ai bu le second cappuccino.

DEUXIÈME HIVER
Décembre 2000

Depuis un an déjà, je vivais dans cette maison que j'avais arrangée, autant que faire se peut. J'étais particulièrement fière de ma crédence rouge : trouvée orpheline à la pointe des Fondamenta di Cannaregio, je l'avais ensuite trimballée héroïquement sur le vaporetto, puis le long du chemin de l'île. Elle trônait maintenant dans le bleu de la véranda.

Sur les murs, nonnes et madones avaient cédé la place aux affiches de vieux films et à des posters d'exposition. La télévision, que de toute façon je n'aurais pas regardée, je l'avais transformée en table basse, la recouvrant d'une belle nappe. Quant au jardin, je n'aurais pas su par où commencer, s'il n'y avait pas eu Manin.

Manin était un type gentil et soigné de sa personne, longues moustaches et nœud papillon même quand il jardinait. Il travaillait en face, au chantier naval où on réparait les vaporettos, et souvent il m'aidait à redresser les tuyaux et les placards suspendus un peu trop de guingois. Il était venu un dimanche avec une pelleteuse et avait arraché les vieilles ronces poussiéreuses qui cernaient la maison.

Parfois, il m'emmenait boire un verre avec ses copains au boulodrome des Fondamenta Rosse. On y parlait de barques, de pêche, de football, et de ces grandes enquiquineuses qu'étaient leurs femmes. Moi, je demandais souvent qu'ils me parlent de leur passé : la guerre, leurs premières amours et le goût des poulets quand ils étaient jeunes.

Mais la plupart de mon temps, je le passais à la bibliothèque. C'était une petite société à part, où je rencontrais chaque matin les mêmes personnes, presque toujours assises au même endroit et presque toujours en train d'étudier les mêmes choses. Et, des mois durant, j'étais à côté de gens dont je connaissais en détail ce qu'ils apprenaient, à quelle heure ils faisaient leur pause-café et à qui ils parlaient au téléphone, mais dont j'ignorais le nom. Au fond ça me faisait bizarre, à moi qui venais d'un village, de ne pas saluer des personnes que je voyais tous les jours. Mais j'aimais bien, je me sentais à la fois libre et protégée.

Je marchais beaucoup, je faisais de longues promenades dans Venise et sur les îles de la lagune. Ou bien je louais un vélo au Lido, j'arrivais au cimetière juif et, s'il ne pleuvait pas, j'allais tout droit jusqu'à Pellestrina, l'île longue et étroite qui clôt la lagune.

À mon cours d'histoire du théâtre, j'avais fait la connaissance d'un garçon, Francesco. Taciturne, il se cachait derrière une barbe broussailleuse. Il était très croyant, mais un croyant singulier, un peu mystique et un peu dépressif. Peut-être qu'il allait devenir moine. Ou peut-être qu'il se donnait un genre pour montrer qu'il n'était pas amoureux de moi, qu'il ne me considérait même pas en tant que femme. Je savais bien que ce n'était pas vrai, mais ça m'allait : je protégeais notre amitié de silences et de promenades et je me sentais moins seule.

Avec lui, j'avais visité Saint-Lazare-des-Arméniens, Saint-François-du-Désert et, bien des fois, on se promenait la nuit entre le sestiere *de Castello et celui de Cannaregio, où on discutait à mi-voix dans les ruelles désertes. Mais la plupart du temps, on se baladait en silence.*

Francesco n'était jamais sorti avec une femme. Ni moi avec un homme. On en souffrait tous les deux, mais on n'en parlait pas. Il était clair que j'aurais voulu avec quelqu'un une intimité que je ne voulais pas avec Francesco ; sa compagnie me suffisait. En revanche, lui, cette intimité, il aurait bien aimé l'avoir avec moi.

À la bibliothèque, je connaissais maintenant presque tout le monde, et ceux que je ne connaissais pas, je désirais les connaître. Si bien que j'avais mille motifs de distraction. De plus je passais une bonne partie de mon temps à parcourir des bouquins et des revues sur n'importe quel sujet : archéologie, ingénierie, politiques agricoles, marionnettes yougoslaves… par simple curiosité. Ou même je lorgnais directement sur les tables d'à côté. J'étais constamment avide de tout.

Au cours de cette première année à Venise, j'avais l'impression d'être enfin devenu la personne que je voulais et que je n'arrivais pas à être chez moi. J'avais vingt ans maintenant, j'étais un homme. Je m'étais même acheté un canot, un peu déglingué mais rapide et, surtout, jaune. Je filais à travers la lagune de jour comme de nuit. Rien ne me rendait plus heureux.

La fille de l'année dernière, de cette nuit étrange, mon ultime nuit d'adolescent, je ne l'avais plus rencontrée. Je l'avais peut-être entrevue une fois en salle de lecture, au palais Querini Stampalia, mais elle avait des cheveux courts et ce n'était probablement pas elle.

Le cours était à dix heures, il fallait que je parte tout de suite. J'avais bu un thé avec des biscuits secs tout en révisant quelques phrases en russe et je revoyais ma question pour Korsakov. Correr, le titulaire de la chaire de littérature russe, m'avait demandé de lui faire visiter un peu Venise après le cours.

D'habitude on confiait ce genre de choses aux doctorants, je devais donc prouver que je l'avais mérité et que je savais qui était le professeur Korsakov et ce qu'il avait écrit sur Tchekhov. Ça faisait des jours que je préparais cette question…

On avait organisé un genre de petite fête à la maison. Une tombola, où chacun devait apporter un cadeau débile. Cette soirée de Noël, mes coloc', Simone, Ermanno et les autres la faisaient déjà avant que je vienne habiter avec eux et, à vrai dire, au début ça m'avait paru plutôt barbant. Mais ensuite j'avais compris que ça pouvait se transformer en un événement qui faisait de notre appart' le plus prisé des étudiants de Venise. Il suffisait d'inviter plus de gens et d'établir des règles du jeu un tantinet loufoques. Moi, par exemple, au lieu du classique CD, d'un Padre Pio fluorescent ou de crayons de couleur, mon cadeau, je l'avais fabriqué tout seul. Je n'aurais pas trop su dire ce que c'était, une sculpture avec des objets trouvés dans la lagune, je ne sais même pas si c'était beau, mais sans aucun doute ça avait de la personnalité.

J'aimais bien organiser ce genre d'événement. Par exemple, des mois auparavant, j'avais convaincu un groupe de libérer à l'aube quelques gondoles amarrées. Pendant plus d'une heure, on était restés à les regarder glisser, toutes ensemble, sur le Grand Canal immobile. Cette fois-là Simone avait presque réussi à me faire virer de la maison. Au début, il avait même menacé de me dénoncer. Mais en fin de compte il m'aimait bien et il n'avait pas vendu la mèche.

Ce 22 décembre, il me reprochait d'avoir invité beaucoup trop de monde. Mais Simone était un conservateur. Même si la tombola allait être un vrai bordel, au moins elle ne serait pas banale ; ça ne serait pas une soirée qu'on confond avec une autre, dont on dit « Mais c'était ce soir-là ? Ou plutôt tel autre ? »

Et j'étais particulièrement fier de l'éclairage du salon, fruit d'un savant méli-mélo de lumières de Noël clignotantes.

Je n'avais pas cours cet après-midi-là et, en prenant un café avec Niccolò, je pensais à la musique pour la soirée. J'avais connu dans la rue un petit groupe qui jouait des airs barroco-électronico-andins, mais je ne crois pas qu'ils seraient venus gratis. Et puis Simone aurait sûrement objecté qu'il n'y avait pas la place pour les mettre. Le seul qui pouvait me comprendre, c'était Ermanno, mais dans cette maison Ermanno avait encore moins de poids que moi.

À l'extérieur du vaporetto (quand il ne pleuvait pas je m'asseyais toujours dehors, malgré le froid), pour être imbattable lors de la balade touristique, j'étudiais mon guide rouge du Touring club.

Korsakov était, et est encore, l'un des plus grands spécialistes de Tchekhov, en Russie et dans le monde. Un peu naïvement, j'espérais que son cours modifierait ma compréhension non seulement du théâtre russe, mais aussi de l'art et de la vie en général. J'étais donc doublement émue : j'avais peur de me dévoiler avec la question que j'avais préparée ; et à un niveau plus profond, j'attendais de Korsakov cette révélation du sens pour lequel j'étais venue à Venise – j'avais hésité entre la philosophie et Tchekhov –, qui ne s'était pas encore produit mais que je sentais de plus en plus proche. Ce jour où j'allais tout comprendre.

Mon russe ne me permettait pas encore de m'exprimer avec précision sur des sujets aussi délicats, alors c'est en italien que j'allais poser ma question à Korsakov. Un interprète serait certainement à ses côtés.

À l'appart', il y avait donc Simone, partageant une chambre avec Elena, puis Ermanno et Niccolò dans des chambres individuelles. La mienne était la moins commode mais aussi la plus belle. Une sorte de mezzanine aménagée par Simone peu avant que j'arrive. Simone était un fan de tout ce qui apportait espace, ordre, rationalité. Au début, cette pièce devait être une sorte de débarras, mais à mon arrivée j'avais décidé que c'était beaucoup mieux d'en faire une chambre, et Simone avait cédé.

Ce matin-là, on m'avait chargé de faire les courses. Ça m'arrivait souvent parce qu'ils disaient qu'à la maison j'étais celui qui en faisait le moins, et puis j'étais le seul avec un canot, ce qui est très pratique pour les grosses emplettes. Mais le canot était amarré dans le canal devant la maison, débordant de plantes à rempoter et de sacs de terreau, et je n'avais aucune envie de déplacer tout ça.

J'avais donc demandé à Liuba de me donner un coup de main ; mais comme d'habitude elle était pressée : on lui avait proposé je ne sais quel job farfelu. En plus, elle se plaignait qu'avec tous les boniments que je lui avais servis pour la convaincre je l'avais mise en retard. Alors je me suis résigné à transporter le terreau tout seul.

Après un mois de droit, j'avais fini par changer d'avis et je m'étais inscrit en sciences de l'environnement, comme ça, dans mon temps libre, je pouvais faire des petits boulots de jardinage. À Venise, beaucoup de vieilles dames riches vivent cachées derrière de hauts murs rouges, retirées dans leurs immenses jardins. Moi, j'allais chez elles pour planter des bananiers et des oliviers. J'aimais bien ça, j'étais presque toujours au grand air.

La salle 4 de Ca' Foscari était celle que je préférais ; mais il n'y avait pas beaucoup d'espace, alors les étudiants étaient tous massés au fond et sur les côtés. Moi, j'étais assise au premier rang.

Le professeur russe avait une tête sympathique, nez et joues rouge vin. Mais l'interprète n'arrivait pas, ce qui énervait Correr, qui en profita pour me présenter à Korsakov. C'était ce que je craignais : me lever devant tout le monde. Et tout ça juste par la faute de l'interprète qui était en retard. Les étudiants s'ennuyaient et n'auraient rien d'autre à faire que me regarder tandis que je parlais avec le professeur. Mais il m'avait fait signe de m'approcher ; je n'avais pas le choix.

Je me suis levée, heurtant légèrement le jeune homme qui plaçait les bouteilles d'eau devant les micros, et Correr expliqua à Korsakov que, entre la fin de la leçon et le lendemain matin où je le conduirais à l'aéroport, je m'occuperais de lui, lui faisant visiter la ville et l'accompagnant là où il voudrait. J'ai prononcé deux mots en russe pour dire combien j'étais honorée et le professeur a souri.

J'avais commencé à étudier le russe lors de ma dernière année de lycée, sans jamais avoir eu l'occasion de le parler. De temps en temps, pour m'exercer, j'arrivais à me procurer des cassettes vidéo. Tout me convenait : de vieux films (mais les plus faciles à trouver étaient muets), des films récents (souvent débiles), mais aussi des journaux télévisés ou des publicités. Je regardais tout. Une fois, j'avais déniché l'enregistrement d'une partie de foot. J'avais appris à dire « coup franc » et « hors-jeu » en russe. Et puis, bien entendu, j'étais avide de pièces de théâtre filmées, en général de mauvaise qualité, mais au moins en lien avec mes études.

Je venais juste de serrer la petite main du professeur quand est entrée, en courant et en s'excusant en russe, une jeune femme.

Dans sa hâte d'arriver, elle avait trébuché sur un sac. C'était une belle grande fille, un peu plus âgée que moi, au regard plus déluré qu'intelligent. Sa petite robe rose couverte de pin's n'était peut-être pas la mieux choisie pour l'occasion et son italien ne semblait pas meilleur que mon russe, mais bon, on connaît les budgets des universités italiennes.

Comme d'habitude, pour aller au supermarché je faisais le grand tour par-derrière le Tronchetto, de manière à pouvoir foncer avec mon petit canot. Je regrettais seulement que Liuba ne soit pas venue parce que ça m'amusait beaucoup de faire les courses avec elle. On achetait un tas de trucs inutiles pour le plaisir de se faire engueuler par Simone et Elena. Et puis en revenant avec le canot on beuglait ensemble des chansons russes.

C'était un bon cours, même si à peu près tout ce que disait Korsakov je l'avais déjà lu dans ses livres. En plus, toute tendue à cause de ma question, j'écoutais par intermittence. Le professeur s'éternisait : à la porte il y avait déjà l'enseignante de philologie hungaro-finnoise qui voulait entrer avec ses étudiants. Si bien qu'il n'y avait plus de temps pour les questions, et tout ça à cause de l'interprète en retard. Tant pis, je pensais que je pourrais la lui poser dans l'après-midi, en visitant Venise... lorsque je compris que l'interprète allait nous accompagner.

Je l'avais connue en juillet, Liuba, à la fête du Rédempteur. Le canal de la Giudecca était couvert d'embarcations de tout type, amarrées entre elles, et l'on passait de l'une à l'autre, on y dansait, on y mangeait toute la nuit. Elle venait juste d'arriver en Italie et elle se trouvait sur une barque avec ses colocataires calabraises et trois Vénitiens bodybuildés barbants, qui les avaient draguées on ne sait où. Nous, on était à quelques mètres de là, à huit sur mon canot jaune, avec de la musique et plein de choses à manger. Entre eux et nous, un groupe de petits vieux, une petite vedette de touristes et je ne sais plus qui encore.

Liuba s'ennuyait. Elle nous regardait depuis la seule barque triste parmi les milliers présentes cette nuit très chaude. Alors, après avoir demandé la permission à nos voisins, je me suis lancé d'une barque à l'autre jusqu'à la sienne.

Les Vénitiens barbants m'ont regardé avec des yeux ronds, les Calabraises somnolentes se sont réveillées un instant et Liuba la Russe a bondi sur ses pieds ; la seconde d'après, elle et moi partions en balade, sautant çà et là de bateau pneumatique en gondole, avec les feux d'artifice au-dessus de nos têtes. On s'est embrassés presque tout de suite, accueillis sur la barque de je ne sais qui. Puis on a quitté la fête et je l'ai amenée dans ma mezzanine.

Nous étions devant l'université, immobiles au milieu des étudiants qui sortaient pour aller déjeuner. Un peu par hasard, avec cette Liuba, nous avions décidé (en réalité c'est elle qui avait tout fait) de démarrer, comme elle disait, un « tandem » : on allait se voir une fois par semaine et bavarder un peu en russe et un peu en italien. Je ne savais pas trop de quoi on allait parler, vu qu'on semblait n'avoir guère d'intérêts communs. Mais cela ne lui faisait ni chaud ni froid ; elle était, au contraire, de ceux qui aiment fréquenter des gens, même très différents. Ce que moi je n'arrivais à l'évidence pas à faire.

Les invités commençaient à arriver. Tout le monde aidait aux préparatifs de la fête, certains étaient aux fourneaux, ou déplaçaient les canapés, cachaient les vases et les bibelots qui risquaient d'être cassés.

Moi, j'arpentais la cuisine en peignoir, déclamant des passages d'un superbe livre sur l'élevage rentable des escargots. Aujourd'hui je ne me rappelle plus pourquoi je voulais élever précisément des escargots, j'avais dû trouver un bouquin à la bibliothèque ou sur un marché et ça m'avait paru marrant. Naturellement Simone n'était pas d'accord, mais tôt ou tard, il céderait.

Le professeur russe était allé déjeuner avec Correr et le reste du corps enseignant, si bien que j'étais restée seule avec Liuba à attendre qu'ils aient fini.

Cette Liuba me mettait mal à l'aise. Elle n'avait pas envie de déjeuner dans des « coins tristes », ce qu'étaient pour elle, semblait-il, tous ceux que j'avais proposés. Y compris la merveilleuse taverne où le personnel de la société des vaporettos avait ses habitudes, que m'avait fait découvrir Manin.

C'est elle finalement qui avait choisi : une pizzeria pour touristes près de la gare. Elle avait commandé une portion de pizza couverte d'ingrédients que jusqu'alors personne n'avait osé associer et un pichet de bière d'un litre. Elle avait posé mille questions, souvent sans attendre de réponses, et raconté toute sa vie, sa famille, son petit ami, pourquoi elle était venue en Italie, et demandé pourquoi tout le monde s'en prenait à Berlusconi, qu'elle trouvait au contraire sympathique et même bel homme, et pourquoi Venise puait, et pourquoi moi qui étais si mignonne je n'avais pas de copain, peut-être que je devrais me maquiller un peu, et si je voulais on pouvait même faire un essai ici, dans la pizzeria ! Et puis elle aimait le foot italien, et les garçons italiens, mais pas trop les Vénitiens, plutôt les footballeurs, mais quand même, c'était surprenant que je ne sois jamais venue en Russie. Si j'y allais elle m'invitait chez elle. Tout ça en mangeant et buvant, en chantant Toto Cutugno et Eros Ramazzotti dans l'idée de me faire plaisir, inventant les paroles et massacrant la musique. Moi, pendant ce temps-là, je devais avoir l'air d'une potiche, toute petite, vêtue de sombre, cheveux noués et pas maquillée, avec mon cartable de cuir râpé. Tout le monde nous regardait. Parce que Liuba parlait fort, se démenait, riait mais, peut-être, aussi, parce que c'était véritablement une belle fille.

***

Pendant que nous allions vers le restaurant où avaient mangé les professeurs, je pensais au fait que, pour Liuba, tout était simple, la vie était quelque chose de rose où prendre chaque jour du plaisir. Je l'enviais un peu pour ça ; je commençais même à l'admirer : elle avait des qualités dont j'étais, moi, totalement dépourvue. Outre celles, naturelles, que le gondolier qui chantait derrière nous semblait apprécier, persuadé que nous étions toutes les deux étrangères, « gondoeta gondoeta, vuto che te 'o cava, vuto che te o meta *», « gondolette, gondolette, veux-tu que je te la retire, veux-tu que je te la mette ? »*

Liuba était venue à Venise pour suivre des études d'interprète. Dans sa ville de Nijni Novgorod arrivaient de plus en plus d'Italiens dans l'idée de conclure des affaires plus ou moins louches (beaucoup étaient aussi à la recherche d'une épouse). Et ainsi Liuba, jeune fille éveillée, avait décidé d'apprendre l'italien et réussi à obtenir une bourse d'études. Elle n'avait pas eu une enfance facile ; encore gamine elle avait perdu son père et les années quatre-vingt-dix avaient été plutôt sombres. Mais elle en parlait toujours avec légèreté, et c'est aussi pour ça que je me sentais si bien avec elle. Depuis déjà cinq mois elle dormait dans ma mezzanine et je ne m'en étais pas lassé, ce qui pour moi était une nouveauté. Je ne sais pas si j'étais amoureux, je dirais que non. Je ne pensais pas mon avenir avec Liuba, probablement parce qu'avec elle je n'étais qu'une partie de moi-même, la plus légère justement, et si durant cette période je m'en contentais, ça ne me suffirait pas éternellement. Ceci dit, je ne saurais expliquer en quoi consistait l'autre aspect de moi. Ni quel genre de fille aurait pu l'incarner.

C'était le mois de décembre, mais la journée avait été presque chaude. Au Campo del Ghetto Nuovo les réverbères commençaient à s'allumer.

Au début j'étais très tendue, je craignais que Liuba ne traduise pas bien et, surtout, je craignais de ne pas me montrer à la hauteur. Je décrivais au professeur l'histoire de la synagogue la plus ancienne, mais il semblait plus intéressé par l'incompréhensible bavardage de Liuba, laquelle ne traduisait plus ce que je disais mais, à ce que j'en comprenais, racontait une blague sur les Italiens. Il fallait que j'intervienne.

« Écoutez, j'ai dit à Korsakov, si vous voulez, le professeur Correr peut nous avoir des billets pour La Fenice… »

Liuba s'éternisait dans la traduction et n'avait évidemment aucune envie de nous accompagner à l'opéra. Elle m'énervait. C'est à moi qu'on avait confié la visite de Venise, comment pouvait-elle me court-circuiter de la sorte ? Quand j'ai commencé à protester, elle m'avait répondu que le professeur était libre de faire ce qu'il voulait et qu'elle l'avait invité à « quelque chose de plus amusant ».

Sur quoi elle s'était mise à rire. Quand elle riait, je n'arrivais pas à me mettre en colère contre elle. Et j'avais donc dû me résigner à les suivre, sans même avoir compris où.

***

Je ne l'ai pas reconnue tout de suite. Elle était devant la porte de la salle de bains et examinait les livres sur les étagères. Je suis allé tout droit vers la porte (la maison était déjà à moitié pleine de gens et je n'avais pas encore eu le temps d'enlever mon peignoir) et c'est elle qui m'a arrêté.

« Tu te rappelles ? »

« Bien sûr que je me rappelle. »

Je ne sais pas ce qu'il faisait là, mais j'étais contente. J'avais l'occasion de me rattraper, de lui montrer à quel point j'étais devenue intéressante et sûre de moi. Et je ne me le rappelais pas aussi beau. Je l'ai trouvé vraiment beau.

J'étais devenu plus mignon, sans aucun doute elle l'avait remarqué. Et plus mûr aussi.
« Tu dois aller aux toilettes ? »

« Hein ? Non, moi non. Je garde juste la porte. »
J'étais prise au dépourvu. Derrière la porte qui ne fermait plus de cette salle de bains, il y avait mon professeur ; alors je restais devant, pour empêcher les gens d'entrer.

« Jolie, hein ? »

« Qui ? »

« La porte. »

Il cherchait à se montrer sympathique. J'ai souri.
« C'est qu'elle ne ferme pas. »

« Oui, je sais. C'est là que j'habite. »

« Ah ! »

« Pas dans la salle de bains. Dans cette maison. »

Encore une plaisanterie qui ne faisait pas rire. Peut-être qu'il avait pensé à moi tout ce temps.

« Bon… on se voit plus tard. Ça m'a fait plaisir. »

« À moi aussi. »
Et sur ce il est parti.

Eh bien alors !

Il était toujours aussi bête. Ou bien il le faisait exprès, il croyait faire son intéressant à partir comme ça ?
Finalement la porte s'est ouverte et le professeur est sorti. J'ignore pourquoi au lieu de le suivre, comme j'avais fait toute la journée, je me suis glissée dans le couloir en face de la salle de bains.

C'était une maison pleine d'objets qui pendaient du plafond – des poupées, des fruits, des bouées – et les seules lumières dans le couloir étaient celles des guirlandes électriques de Noël.

Je cherchais une chambre vide où enfiler mes vêtements quand Liuba a sauté de la mezzanine pour me faire peur. Elle m'a dit qu'elle était là depuis déjà cinq minutes et qu'elle ne me trouvait pas. Ensuite, elle m'a donné un baiser, un long baiser.

Je ne sais pas pourquoi, au bout du couloir, Camilla nous observait.

Il m'avait vue. Le plus humiliant c'était ça. Je suis restée là une seconde à les regarder s'embrasser. La description enthousiaste de son petit ami, qui me l'avait fait imaginer comme un garçon vide, narcissique et ennuyeux, collait tout à fait. Je n'ai pas réussi à m'en aller tout de suite, j'étais paralysée par la honte et j'avais perdu d'un coup et sans raison toute estime de moi-même.

Je suis entrée dans le salon où tout le monde empilait ses cadeaux et je me suis assise à côté du professeur. J'enrageais contre moi-même d'avoir réagi de la sorte. Et du coup je haïssais Silvestro.

J'étais à l'époque capable de ressentir beaucoup de sentiments à la fois...

***

Il y avait effectivement un peu trop d'invités, entassés par terre. Moi, au centre du salon-cuisine avec une veste bariolée sur le dos, j'expliquais le jeu aux nouveaux arrivants.

Je n'étais pas certain que Camilla m'avait vu avec Liuba dans le couloir. Peut-être que cette impression qu'elle évitait de croiser mon regard venait d'une erreur d'interprétation. Et puis pourquoi devrait-elle me fuir ? Parce qu'elle m'avait vu embrasser ma copine ? Je me faisais sûrement des idées. J'étais persuadé qu'elle avait pensé à moi toute cette année. Mais est-ce que j'en avais fait autant ? Ça dépend de ce qu'on entend par *toute* l'année. J'avais pensé à elle de temps en temps, tout au long de l'année, mais pas constamment. Par exemple, je n'étais jamais retourné sur cette île pour essayer de la revoir. Je me promettais de le faire, mais à chaque fois il y avait mille autres choses qui m'en détournaient.

Il m'avait semblé l'apercevoir ici ou là, j'avais cru qu'en allant à telle fête ou à telle expo je l'aurais rencontrée. Et en fait rien du tout : c'est d'ailleurs plutôt rare à Venise de ne jamais se rencontrer. Elle menait probablement une vie assez retirée.

Tout en pensant à ça, j'étais un peu agacé que Liuba soit présente. Dommage, parce qu'à cette période j'étais vraiment bien avec elle ; on dormait presque toujours ensemble et je n'avais pas besoin de draguer à droite à gauche. Je ne m'ennuyais pas, je me sentais admiré, je le reconnais, avec une fille si canon à mon côté, et en plus je ne subissais pas la pression d'une personne rangée, vu que Liuba n'était en rien plus sérieuse que moi.

Le jeu était stupide. J'essayais de faire comprendre au professeur qu'on pouvait s'en aller, mais il paraissait s'amuser, et plus il buvait, plus il paraissait s'amuser. Liuba s'était fatiguée de traduire (il faut dire qu'il n'y avait pas grand-chose à traduire) et elle avait fini entre les bras de Silvestro. Elle tenait à la main un clystère, lot apporté par le couple de futurs médecins Simone et Elena, et elle riait comme une demeurée.

Moi, j'étais mal à l'aise et j'aurais voulu m'esquiver le plus vite possible. Et puis j'avais terriblement honte devant Korsakov qui, de son côté, était très gentil et faisait semblant de s'intéresser au jeu. Alors l'idée m'est venue de le faire parler de Tchekhov et je lui ai posé ma question.

La tombola suivait son cours, Camilla se rencognait de plus en plus sur le canapé. Elle torturait ce pauvre vieux, l'empêchait de suivre le jeu et le mettait sans doute dans l'embarras. J'ai demandé à Liuba si elle arrivait à entendre ce que Camilla disait. Elle m'a répondu en riant qu'elle posait, dans un russe incompréhensible, une question absurde sur les mouettes et les cerises.

J'avais un tantinet pataugé dans ma question. Un peu le russe, un peu la situation. J'ai essayé de sortir mon cahier pour me faire mieux comprendre, mais il m'a gentiment arrêtée : ce n'était pas le moment, il a dit. Et je me suis sentie de nouveau humiliée.

C'était une idiote, cette fille. Et dire qu'une année auparavant elle m'avait vu si immature et maladroit… Elle se figurait peut-être que j'étais toujours le même. Tout le monde faisait comme si de rien n'était, mais en se désintéressant du jeu, en prenant ces grands airs, elle se rendait ridicule.

Sans doute que je n'aurais pas dû sortir mon cahier. Je voulais m'enfuir, mais je ne pouvais pas : je devais faire mine que tout allait bien, que j'étais à l'aise. Mais je n'y parvenais pas et je me détestais.

« Le trois ! Qui a le numéro trois ? Personne ? »

J'étais insupportable, et plus je me forçais à ne pas l'être, plus j'avais l'air fausse et ridicule.

« C'est au trois de piocher, qui c'est qui dort ? »
Il a fallu attendre que le Russe lui prenne le carton de la main, parce qu'elle faisait semblant d'être distraite. Quelle gamine.

« Ah oui. C'est moi qui l'ai. Qu'est-ce que je dois faire ? »

Si j'avais pu, je l'aurais fichue à la porte. « Qu'est-ce que je dois faire ? » elle avait dit, sur ce ton gnangnan de vieille fille constipée.
« Tu dois piocher. »

« Ah oui. »

« Mais si tu ne veux pas, tu peux aussi passer ton tour. »
Alors, d'odieuse elle est devenue moche. Mais qu'est-ce qu'elle faisait à notre soirée ? J'avais honte, comme si c'était moi qui l'avais fait venir, comme si j'étais responsable

d'elle devant les autres, qui heureusement feignaient de ne prêter aucune attention à cette scène pénible.

J'ai pris un paquet au hasard. Dedans il y avait des moufles à poils roses. Je n'ai pas ri, du coup personne n'a ri.

Elle était perchée sur le canapé de chez moi avec cette expression méprisante qui gâchait la fête. J'ai alors pris la sarbacane que je venais de piocher et je me suis mis à tirer des boulettes de mie de pain, de plus en plus fort et de plus en plus près de Camilla et du Russe.

Je l'ai touchée en plein front, avec une force incroyable pour une simple boulette de pain, et ça m'a fait plaisir.

Quel couillon. Entre-temps le professeur m'avait pris des mains les moufles et les examinait avec un intérêt apparemment sincère. Il n'avait même pas compris ma question. Une autre boulette.

Elle ne réagissait pas. Si elle avait réagi j'aurais arrêté, mais elle faisait mine de rien. Des boulettes de mie pendouillaient dans ses cheveux.

Je me suis soudain levée pour chercher à boire, mais lui continuait à me bombarder. Les gens autour faisaient semblant de ne pas voir, ou peut-être qu'ils étaient ivres et qu'ils ne s'en apercevaient vraiment pas.

Au point où j'en étais, je ne pouvais pas arrêter : mon attitude aurait pu passer pour une marque d'intérêt alors que c'était exactement l'inverse.

« T'as pas fini, abruti ? »

Cette fois il n'a pas baissé les yeux comme sur le vaporetto. Il me fixait d'un air idiot. Il était sur le point de me cracher encore dessus, maintenant que j'étais à moins de deux mètres de lui, quand son ami Simone s'est interposé lui arrachant la sarbacane des mains.

***

J'ai fini par parler avec Simone une bonne partie de la soirée. Il m'a fait l'impression d'un garçon plutôt profond, au point que c'était à se demander pourquoi il avait pour ami l'autre crétin. Il était étudiant en médecine, comme Elena, sa fiancée, une petite blonde réservée.

J'ai parlé aussi avec Niccolò, le cynique inoffensif de la coloc', qui avait comme projet un roman sur les arbres, sans savoir pour autant expliquer ce qu'était un roman sur les arbres.

Et puis il y avait Ermanno, le paisible animateur pour enfants, tout couvert de laine, de cheveux et de barbe.

À un moment Korsakov s'est endormi sur le canapé et avec Liuba on a ri. Qu'allions-nous faire de lui ? Malgré tout je la trouvais sympa, Liuba. La semaine d'après devait commencer notre tandem.

De l'autre côté du salon, Silvestro jouait aux billes avec deux nanas. Ce gars-là avait définitivement fini de me troubler. Il avait de beaux yeux, c'était tout.

TROISIÈME HIVER
Février 2002

C'était la nuit. Mon avion décollait à 5 h 43 et mes bagages étaient déjà prêts dans l'entrée. J'avais recouvert de draps tous les meubles, comme faisait mon père quand on partait longtemps.

Je suis sortie dans le noir empli du braillement des goélands, j'ai fermé la porte derrière moi et, avec sur le dos le même sac que deux ans auparavant, je me suis mise en chemin, mais cette fois dans la direction opposée. Arrivée à l'embarcadère, je me suis assise sur ma valise pour attendre. Dommage que le bar ait été encore fermé : il faisait froid et je serais volontiers entrée boire mon dernier cappuccino avant qui sait combien de temps. J'étais en avance, mais je commençais déjà à m'énerver à l'idée que Silvestro me mette en retard avec son canot.

Ça m'embêtait un peu de partir, même si je savais que je reviendrais dans quelques mois. Ma deuxième année à l'université avait été un peu moins solitaire que la première : je partageais plus souvent mes repas avec des étudiants et je sortais parfois le soir. Je voyais Liuba au moins deux fois par semaine, pour m'entraîner au russe. Je commençais à bien l'aimer, même si elle ne semblait pas se rendre compte que certains sujets étaient importants pour moi et que je n'appréciais pas qu'on plaisante avec, que d'autres ne m'intéressaient vraiment pas ; et je n'arrivais pas à la convaincre que ce n'était pas une posture de ma part.

Je sortais régulièrement avec elle, Simone et les autres. Parfois il y avait aussi Silvestro. Quand je le savais par avance, je trouvais une excuse pour ne pas venir, mais je m'étais souvent retrouvée à passer une soirée avec lui. Et mon opinion que c'était un type suffisant et creux s'en était toujours trouvée confirmée.

Je pensais rarement à lui, tout au plus c'était Liuba qui le citait. Elle savait qu'on ne s'entendait pas et elle évitait autant que possible de m'en parler. J'imagine qu'elle faisait pareil avec lui.

On venait de partir d'une soirée plutôt amusante. À cette heure, sur la lagune, il n'y avait que nous, il faisait froid et même les gerbes d'eau qui me giflaient le visage n'arrivaient pas à me réveiller. Avec Liuba on faisait souvent la fête : elle n'avait jamais sommeil ; mais là, tandis que je pilotais les yeux mi-clos, elle était endormie sur mon épaule.

Et voilà Camilla, juchée sur une valise orange.

Il m'a fait monter à bord et presque sans parler, nous sommes partis vers Tessera. C'était sympathique de naviguer sur la lagune, la nuit. Je voyais ma petite île s'éloigner et je songeais au roman L'Île d'Arturo*, et aussi au soir où j'étais arrivée à Venise et où j'avais rencontré Silvestro sur* *le vaporetto ; et, bien entendu, à Moscou, à comment ça serait de vivre là-bas.*

J'étais à la proue, comme une enfant, et le canot rebondissait sur l'eau. Je regardais devant tandis qu'il pilotait et que Liuba sommeillait sur son épaule.

Je mourais d'envie de me glisser dans un lit. Qui sait si elle aurait fait la même chose pour moi, elle. À dire vrai, moi non plus je ne l'aurais pas fait, si Liuba ne m'y avait pas obligé.

J'aurais bien demandé à Francesco de m'accompagner à l'aéroport, mais ces derniers mois je l'avais beaucoup moins vu. On avait encore fait des balades, mais de moins en moins longues et de moins en moins souvent. Quant aux concerts dans des églises, je crois qu'on n'y était pas allés plus de trois fois cette année.

Avec Silvestro, pendant cette même période, il ne m'était jamais arrivé de parler vraiment. On ne se disputait pas, mais on s'évitait. Aujourd'hui, j'essayais de ne pas en penser du mal parce que, même si Liuba l'y avait sûrement obligé, il m'accompagnait à l'aéroport.

Il me revenait vaguement que dans les parages il y avait un haut-fond. Mais j'avais sommeil et j'ai fait comme si de rien n'était.

Je ne savais pas encore si j'allais suivre le cours de Korsakov. C'était la première fois que j'allais en Russie. Je n'avais aucune idée de ce qui m'attendait : des séminaires dans des amphithéâtres de bois enfumés avec des étudiants qui discutent avec animation de Tchekhov et d'Olga Knipper, de Stanislavski et de Gorki. De longues promenades dans le froid, entre les immeubles de la Tverskaya. Et, qui sait, un voyage en transsibérien avec plein de gens rencontrés sur place.

Peut-être un petit ami.

J'allais me mettre d'emblée à chercher un logement. En attendant, j'avais réservé une chambre dans une auberge de jeunesse.

Elles ne se sont aperçues de rien jusqu'au dernier instant, jusqu'à ce qu'on se soit littéralement envolés dans les airs. Moi j'avais compris un petit moment avant, mais c'était trop tard, je ne pouvais plus rien faire : il n'y a pas de frein sur les embarcations. Peut-être que j'aurais pu hurler, elles se seraient préparées au choc, mais ça ne m'était pas venu à l'esprit.

Je ne me suis rendu compte de rien. Je me suis tout bonnement retrouvée dans l'eau.

C'était plein d'algues et j'avais mal à une jambe, mais je n'avais pas l'impression de m'être fait quelque chose de grave. Bizarrement l'eau ne semblait pas si glacée, peut-être parce qu'il faisait plus froid dehors. Camilla s'accrochait à moi. Elle cherchait à contenir de petits cris, à cacher sa peur, mais en vain. En y repensant, ça suscitait en moi une sorte de tendresse sadique.

Il était bien plus agité que moi. Il se démenait, s'accrochait à mes épaules : un peu plus et il me noyait. Quand je me suis aperçue que j'avais pied, ça m'a rassurée. Mais c'est là que je me suis souvenue : l'avion. Vais-je le rater ? Je ne pensais plus qu'à ça.

Camilla allait sûrement rater son vol. Mais au fond je lui faisais une faveur en l'accompagnant à cette heure-là. Et si Liuba n'avait pas insisté, si on n'avait pas fait la fête toute la nuit… Donc franchement, ce n'était pas ma faute : si elle n'avait pas voulu courir de risques, elle n'avait qu'à prendre un taxi.

En marchant quelques mètres dans l'obscurité, on arrivait à avoir l'eau sous les genoux.

On a grimpé, en s'appuyant l'un à l'autre, sur un genre de mamelon humide. C'est seulement alors que je me suis aperçu que je ne savais pas où était Liuba.

Nous l'avons appelée. La première chose qu'elle a dite était en russe : elle s'est excusée parce que son petit ami était un crétin et qu'il allait me faire rater l'avion. Mais j'ai compris tout de suite qu'elle s'était fait mal, peut-être même très mal.

Je me sentais un parfait minable. Avec Liuba on avait toujours vécu sans penser au lendemain, mais là je me suis retrouvé à me demander ce que je voulais de notre relation, et il était clair pour moi qu'il n'y avait pas entre nous, probablement non plus de son côté (du moins c'était ce que je me disais), un amour vital, intime et pur.

Je crois que la police de la lagune et le bateau-ambulance sont arrivés assez vite, mais ça m'a paru des heures.

Ils nous ont chargés tous les deux avec Liuba sur le bateau-ambulance, trempés et emmitouflés dans des couvertures. Elle avait très froid, elle tremblait et se plaignait à voix basse en russe. À ce moment-là, je sentais vraiment que je l'aimais. Pour les choses importantes, Liuba, d'habitude excessive et bordélique, était extrêmement sobre, équilibrée et je dirais même profonde.

Je regardais l'eau qui giclait par en dessous et je pensais à Liuba. Je me demandais surtout ce qu'il y avait réellement entre nous. Si elle mourait, je me disais, il faudrait que j'appelle moi-même ses parents. Ça serait bien que ce soit moi qui les appelle ?

Je me sentais coupable parce qu'au fond je l'avais toujours considérée avec supériorité et je ne lui avais jamais permis d'entrer dans ce qui était important pour moi, me disant qu'elle ne comprendrait pas. Et peut-être qu'elle n'aurait pas tout compris, mais l'essentiel, sans doute que si…

Silvestro a interrompu mes réflexions en disant quelque chose de confus à propos de l'accident.

Venise me plaît parce qu'on dirait un grand salon en désordre où rien de réellement grave ne peut arriver, où les gens ne souffrent et ne meurent jamais. Il y a des bateaux-ambulances ! C'est comme si on t'emmenait à l'hôpital en tapis volant : autant dire que la mort n'est que baliverne. Je réfléchissais à tout ça dans cette barque blanche pleine de tuyaux et de petites lumières. Et je ne voyais rien de déplacé à en parler ; ça me semblait même des pensées plutôt profondes. En revanche Camilla trouvait ce discours inopportun ; peut-être parce qu'elle aussi pensait à la mort, ou bien à ses propres problèmes. En tous les cas, elle pensait certainement à quelque chose et, dans ces circonstances, le simple fait de penser était d'une légèreté coupable. Si bien qu'elle le faisait, mais avait la contenance hypocrite de se taire.

Quoi qu'il en soit, j'ai dû dire un mot de trop. Elle m'a répondu avec dureté, après quoi elle a fait la tête.

***

Les docteurs nous ont examinés nous aussi, mais nous n'avions rien.

Séparés par un paravent, on s'est séchés et rhabillés en silence, seuls dans une petite salle de soins verdâtre. Alors j'ai eu envie de pleurer.

Je ne sais pas pourquoi, mais que Liuba soit dans un état grave me semblait inévitable. Même si on ne nous avait encore rien dit.

Ils nous ont laissés comme ça un bon moment, dans l'ignorance. Mais au fond de moi, j'étais sûr qu'elle allait bien.

Finalement un autre médecin est arrivé. On s'est levés d'un bond. Liuba n'avait rien d'inquiétant, juste une épaule luxée. Mais vu qu'elle avait pris un coup sur la tête, ils la gardaient en observation pour la nuit. Nous, en revanche, on pouvait partir.

J'avais sommeil. J'ai songé à rentrer dormir chez moi, mais après l'histoire du bateau-ambulance et du tapis volant, je n'avais pas envie d'entendre Camilla me faire la morale. Alors j'ai répondu sur-le-champ que, bien entendu, j'allais rester. Je l'ai même encouragée à partir, peut-être qu'elle pouvait encore avoir son avion.

Je ne pouvais pas partir sans me sentir coupable. J'étais déjà gênée de penser à mon avion quand on était à l'hôpital. Mais cette fois, au moins, Silvestro a été gentil : il m'a convaincue de partir et m'a même aidée à surmonter mon sentiment de culpabilité ; alors on s'est salués, un peu embarrassés, et j'ai appelé un taxi.
Je téléphonerais à Liuba dès mon arrivée à Moscou.

Et alors elle m'a laissé tout seul.

***

On m'avait donné un formulaire pour Liuba, que je trouvais très compliqué. En essayant de le compléter, je me rendais compte de tout ce que, après un an de vie commune, j'ignorais encore d'elle.

Au bout du canal apparaissaient les phares du taxi.

Quand était-elle née ? Était-elle allergique à quelque chose ? Dans ce long couloir obscur et sombre il n'y avait que moi.

Le chauffeur grassouillet jouait avec son portable en attendant que je me décide à monter. J'aurais voulu que ce soit lui qui prenne la décision pour moi, qu'il me dise que non, que l'avion je ne l'aurais jamais, ou bien de sauter dedans et « vous allez voir qu'on arrivera à temps ». Mais il me laissait face à mes responsabilités.

Liuba m'avait accompagnée de nuit sur le canot et moi je l'abandonnais. Pour un avion que j'allais sûrement rater.

Des pas. Une infirmière.

Si j'étais revenue à l'intérieur, de quoi on aurait parlé ? Aurait-on parlé ? Pourquoi était-il devenu quelqu'un d'aussi creux ? Il n'était pas comme ça quand je l'ai connu. Ou du moins il ne m'en avait pas donné l'impression. Peut-être que j'étais plus naïve. À l'évidence, le chauffeur n'était pas pressé et moi j'en profitais pour regarder les bateaux-ambulances qui arrivaient et repartaient sur le canal. J'étais plutôt bien dans cette indécision.

***

« Née à ? »

« À ? »

« Née à ? »

« À ? »

« Elle est née où ? »

« Ah ! En Russie. Je crois. »

« Regarde s'il y a ses papiers dans son sac… »

Elle m'avait pris des mains le formulaire. J'étais content qu'elle soit revenue, même si elle me traitait encore avec suffisance, comme si le fait que je sois responsable de l'accident l'autorisait maintenant et pour toujours à ne voir en moi qu'un crétin. C'était peut-être vrai, j'avais foncé un peu trop vite, mais ce n'était pas pour cette raison que Camilla était si froide et distante. Évidemment que ce n'était pas ça. Il n'empêche que ça me faisait plaisir qu'elle soit là, assise près de moi dans ce couloir vide.

« Hé… »

« Quoi ? »

« Merci d'être restée pour me tenir compagnie. »

« Je ne suis pas restée pour te tenir compagnie. Allergies, qu'est-ce que je mets ? »

« Si tu ne le sais pas, mets "je ne sais pas". »

« Je ne sais pas ?!? »

« Oui. Ou "on ne sait pas"… »

« Mais qui ça "on" ? »

« Toi et moi. »

Camilla a secoué la tête avec une moue irritée et puis elle a dit, comme pour elle-même :

« Je mets : inconnues »

« “Allergies : inconnues”. C’est beau. »
Elle a fait semblant de ne pas m’entendre.

Je n’avais pas petit-déjeuné et la veille au soir j’avais dîné très tôt. Quand je me suis levée pour aller chercher à manger, il m’a suivie.

Elle marchait très vite, l’air sérieux, dans les couloirs éclairés au néon.

Il y avait un distributeur automatique de viennoiseries, mais il était en panne.

Puisqu’elle avait sa valise, elle avait pu se changer. Elle portait même un épais manteau acheté exprès pour son voyage ; à moi, on avait donné une tenue d’hôpital et un énorme pull marron. Elle m’a prêté tout ce qu’elle avait de chaud qui pouvait m’aller et elle a insisté pour sortir. On s’est aventurés dans ce désert froid qu’est Venise la nuit.

Il y avait beaucoup de vent sur les quais, comme quand il m’avait suivie. Depuis cette nuit-là, on n’avait d’ailleurs plus jamais parlé.

Il était évident qu’à cette heure-là à Venise, surtout vers les Fondamenta Nuove, il n’y avait aucun espoir de trouver à manger. Mais Camilla avait l’air d’un petit animal affamé et ne raisonnait plus. Elle était nerveuse, c'est sans doute justement ce qui lui donnait faim : ou bien elle filait à droite et à gauche pour surmonter sa gêne de devoir rester avec moi.

Toute cette année, elle m'avait évité, prétextant qu'on n'avait aucune sympathie l'un pour l'autre. Selon moi, je la mettais mal à l'aise parce que je savais que je lui plaisais. Et c'était là, bien entendu, la raison pour laquelle elle m'évitait. Mais on ne pouvait pas se faire la tête jusqu'au lever du soleil.

Je continuais à marcher sous la lumière rougeâtre et humide des réverbères, même si le seul signe de vie était les ambulances qui traversaient la lagune. Je savais que jamais nous ne trouverions à manger, mais au moins je gagnais du temps : comment faire mine de rien, entamer la conversation avec lui de but en blanc ? Faire la conversation de but en blanc a toujours été difficile pour moi. Encore aujourd'hui. Il y avait quelque chose à mettre au clair avant de se lancer dans la moindre conversation. On ne pouvait pas faire comme si tout était normal : ça me semblait hypocrite. Si bien que je me suis arrêtée d'un coup et je l'ai regardé dans les yeux, super sérieuse. En fait j'avais plutôt envie de rire.

« Pourquoi tu es descendu du vaporetto ? »

Elle me regardait comme une cinglée : on n'était pas sortis pour chercher un sandwich ?

« Quel vaporetto ? »

« Allez ! Tu t'étais vraiment trompé d'arrêt ? »

« Non. »

« Et pourquoi tu es parti le matin ? »

« J'étais jeune. »

Quelle réponse débile.

Quelle réponse débile. Mais c'était pourtant vrai. J'étais plus jeune, il y a deux ans.

On s'est regardés. C'était un beau moment. Si je devais le dire aujourd'hui, ce fut probablement entre nous le premier moment vrai, honnête et sans ambiguïté. On entendait, qui sait où, quelqu'un qui faisait des gammes au piano. La voix toute fluette d'une petite vieille. La sirène profonde d'un ferry. À Venise, la nuit surtout, on arrive à entendre des sons très lointains. Il n'y a pas de voitures, pas ce bourdonnement de fond qu'on ne remarque même plus dans les autres villes. Et puis il y a l'eau, tout autour, et aussi en dessous : la ville est construite sur des troncs plantés dans la mer, ce qui fait que chaque pas a un son, un écho : une couleur qu'on ne trouve qu'ici.

À ce moment-là, elle m'a paru très belle.

J'ai souri. Ça m'est venu assez spontanément.

Et ainsi, pensifs, gelés et les mains vides, mais un peu plus proches, on est revenus à l'hôpital.

***

Une nouvelle fois, vive comme une petite souris, Camilla parcourait les couloirs, et moi, avec ma jambe esquintée, j'avais du mal à la suivre ; mais maintenant elle se retournait pour voir si j'étais là. Je l'ai vue demander un renseignement à une bonne sœur ensommeillée puis disparaître derrière un coin de mur. Ensuite, elle est revenue en arrière et m'a fait signe de la suivre jusqu'à une porte fermée.

Je suis plutôt douée en escalade. Alors je suis facilement passée par-dessus.

Je ne m'y attendais pas. Je ne pensais pas qu'elle était du genre escaladeuse. L'instant d'après elle a sauté en bas et m'a ouvert de l'intérieur.

« Regarde dans ces frigos, là-bas. »

Elle m'avait amené à la cantine de l'hôpital. Quelle drôle de fille c'était. Bien plus que moi qui, au fond, étais plutôt conventionnel.

On avait trouvé de bien tristes pitances dans les énormes frigos de cette cuisine. Il était très inquiet qu'on nous découvre et ça m'amusait. Je me suis mise à cuisiner avec ces marmites et ces louches surdimensionnées.

« Tu me trouves antipathique ? »

Quelle question. Bien sûr que oui.
« Non, pourquoi ? »

« Comme ça. On ne parle jamais. »

« Peut-être qu'on n'a rien à se dire. »

« Mais on devrait au moins essayer, juste pour ne pas s'ennuyer cette nuit. »

« D'accord. Parle. »

« Moi ? »

« Eh ! »

J'ai toujours pensé être doué pour la conversation, mais à ce moment précis, tandis qu'elle versait de la soupe dans une casserole et allumait l'énorme feu et que moi je mettais le couvert sur un plan de travail en acier, je ne savais pas quoi dire. Alors j'ai posé des questions.
« Et ta maison ? Qu'est-ce que tu en fais ? »

« Je vais la sous-louer. »

« À qui ? »

« Je ne sais pas encore. »

« Et ça t'embête de partir ? »

« Non. Sauf pour le chat. »

« Il est où, maintenant ? »

« Je l'ai laissé à mon père. »

« Tes parents sont séparés ? »

« Ma mère est morte. »

« Oh mince, désolé. »

« C'est rien. C'est arrivé il y a longtemps. En couches. »

Je ne savais pas qu'on pouvait encore mourir en couches, mais de toute façon le sujet me semblait délicat et je voulais m'en dépêtrer avant qu'il gâche cette nuit légère où on ne parlait pas de morts et on ne se disputait pas.

J'ai repris mon souffle : « Ah ! Mais… alors, c'est arrivé avec toi, c'est-à-dire quand tu es née ? »

« Non, mon frère. »

« Ah, tu as un frère ! Plus vieux ou plus jeune ? »

Elle me regardait d'une façon bizarre, je devais avoir dit quelque chose d'inapproprié. Mais elle n'avait pas l'air en colère.

« D'après toi ? Je suis née posthume ? »

Elle est restée un instant sans bouger, puis elle a ri.

Et sur ce, on a cessé d'être ennemis. Au fond, on ne se trouvait pas si antipathiques que ça.

***

Il y avait de tout dans cette cuisine, y compris une dame-jeanne de vin. On était assis devant la table mise et éclairée par le réverbère extérieur. Elle était encore méfiante et s'efforçait de se montrer froide mais, pour la première fois, on causait.

J'aimais l'écouter. Je n'avais plus sommeil, ni cette envie d'être seule qui, au bout d'un moment, me venait avec tout le monde. Et je ne pensais plus à l'avion pour Moscou. On est restés qui sait combien de temps dans cette cuisine industrielle.

***

« Je suis né à Rome, mais ensuite mes parents ont déménagé dans les Pouilles, à Lecce. Pour le travail. »

« Qu'est-ce qu'ils font ? »

« Des vitraux. Des vitraux de couleur, pour les églises surtout. Ils travaillent ensemble. »

« Et comment ils se sont connus ? »

« À l'université. Ils étudiaient l'histoire de l'art médiéval et tous les deux faisaient une thèse sur les vitraux. Un été entier, sous prétexte de leurs thèses, ils se sont baladés en Fiat 500 de cathédrale en cathédrale. »

« Mais ils étaient déjà ensemble ? »

« Non, non. Disons qu'ils étaient collègues. J'ai leur voyage en Super 8. »

« Ici ? »

« Non, pas ici. »

Il souriait et m'attendrissait parce qu'il avait envie de se livrer, et pour la première fois depuis que je le connaissais il me semblait ne jouer aucun rôle.

« Sur le film c'est deux gamins. On les voit très peu au début, parce qu'officiellement c'étaient des séquences sur les vitraux, et puis peu à peu les vitraux disparaissent et il n'y a plus qu'eux, et puis eux aussi disparaissent, j'imagine qu'ils avaient autre chose à faire. Je parle trop ? »

« Non, pas du tout. Tu me racontes autre chose ? »

Elle était visiblement un peu pompette. Mais j'étais content, j'aimais bien discuter, et j'aimais que ce soit elle qui m'écoute. J'aimais toute cette situation. Je me sentais à l'aise, et du coup j'ai décidé de lui raconter aussi l'histoire des voleurs.

« Alors… un jour on rentre à la maison, avec mes parents. C'était après l'été. On avait fait un voyage en voiture, et ils avaient acheté quelques échantillons de verre, etc. On arrive, on se gare, moi j'avais dans les huit-neuf ans, on fait les derniers mètres à pied et… rien, plus de maison. »

« Allez… je veux une histoire vraie, enfin, qui te soit arrivée pour de bon ! »

« Je te le jure ! Plus de maison, comme ça, pouf, disparue. Bon, faut que tu saches qu'on habitait une maison très jolie, sur la plage, au sud de Rome, un peu isolée (maintenant là-bas, c'est farci de pavillons) et il n'y avait que nous. On y était depuis peu, mettons un an. Et donc, rien, on arrive et plus de maison. Il y a l'emplacement où elle se trouvait, mais pas la maison. Et mes parents n'étaient pas plus troublés ou surpris que ça, pour eux c'était "bon, ben, y a plus la maison…" Et vu que c'était l'heure de dîner, on s'est posés tous les trois sur la plage, on a sorti deux ou trois trucs des sacs de courses et on s'est mis à manger. Moi, j'avais du mal à comprendre. Pendant qu'on mangeait, je pensais : "Et alors ? La maison ?" Mais comme mes parents étaient tout tranquilles, j'étais tranquille moi aussi. Sauf qu'il commence à faire sombre, alors on revient à la voiture. On reprend le chemin en sens inverse, tous de bonne humeur, mon père me fait des croche-pieds, ce genre de chose, or quand on arrive en haut, la voiture n'est plus là non plus. »

Silvestro faisait des pauses irritantes mais très efficaces.
« Allez… »

« Évaporée. Comme la maison. Mais cette fois, mes parents semblaient préoccupés. Je ne comprenais pas : la maison, qui est quand même une maison, et avec tout dedans, etc., "on en trouvera une autre", et maintenant la voiture qui était un tas de ferraille, ils disaient toujours qu'il fallait en changer, ça semblait un drame. Alors voilà qu'on se met à marcher tous les trois au bord de la route. Mes parents ne s'occupaient plus trop de moi, ils parlaient de la voiture et me disaient tout au plus de ne pas marcher au milieu parce que maintenant il faisait nuit.

On continue un moment, genre dix minutes, et où est-ce qu'on arrive ? »

« Où est-ce que vous arrivez ? »

« À la maison ! Elle était là, déplacée de quelques centaines de mètres, et mes parents ne semblaient pas surpris le moins du monde, et, mieux encore, ils sont entrés direct et ont tout de suite appelé la police. »

« Je ne comprends pas. »

« Eh attends ! »

J'appréciais de plus en plus cette situation. Camilla qui m'écoutait, l'intimité créée. Je n'avais pas envie de m'arrêter. Jusque-là, l'histoire, je l'avais racontée plein de fois, mais soudain m'était venue l'idée d'aller plus loin et de parler de quelque chose qui me concernait vraiment. Et donc, au lieu d'expliquer juste ce qui s'était passé, j'en ai rajouté.

« Alors, pour moi l'histoire s'arrêtait là, ça restait un mystère. Et puis un jour, j'avais treize ans, peut-être même quatorze, je me décide à la raconter à quelqu'un. À Fiammetta Semplici. Fiammetta Semplici a été la première fille, ou gamine, qui m'a… m'a donné cette sensation-là, quand ton cœur bat, que tu transpires (je suais comme un porc, et c'étaient les années où tu commences aussi à puer). Bien entendu elle ne me calculait pas du tout. Une fois, à l'une des toutes premières boums – celles de l'après-midi –, j'arrive à me trouver seul avec elle, sur une balancelle : j'étais tendu comme tout, il fallait que je dise un truc intéressant et profond. C'était clairement celle avec qui j'allais passer toute ma vie… et donc je décide de lui raconter cette histoire. »

« Celle de la maison. »

« Celle de la maison. Je lui explique tous les préliminaires, bizarrement elle écoute et déjà pour moi c'était miraculeux… Je continue, j'avais la voix qui chevrotait – un peu pour de vrai, un peu j'en rajoutais pour l'impressionner –, mais c'était vraiment important, c'était la première fois que je racontais un souvenir d'enfance, ce qui me faisait sentir presque un adulte, parce que ce sont les adultes qui racontent les histoires d'enfance, non ? Bon : je finis l'histoire, je trouve le courage de la regarder dans les yeux, la musique disparaît avec tout ce qu'il y a autour… Et alors elle me dit, avec mépris : "Bon ça va, tes parents t'avaient couillonné et pendant ce temps-là quelqu'un les a couillonnés eux en piquant leur bagnole." Et puis elle s'en va en me laissant là comme une andouille. Et de fait, c'est simple comme explication. À treize ans, j'aurais pu trouver ça tout seul. »

« Mais comment tu avais fait pour ne pas reconnaître l'endroit ? »

« Mais qu'est-ce que j'en sais, ils sont tous pareils ces endroits-là, c'était juste un point de la plage. Et puis je faisais confiance à mes parents, qu'est-ce que j'en savais qu'ils m'embobinaient ! Et c'est à partir de là en effet qu'a commencé ma période rebelle. Parce que, tu comprends, l'humiliation devant celle qui aurait dû être la femme de ma vie, c'était leur faute. En réalité, les pauvres, ils m'avaient fait une blague innocente et puis, entre une chose et l'autre, ils avaient oublié de me dire que c'était pour rire. Bon, allez, ça fait une heure qu'il n'y a que moi qui parle. Excuse-moi. »

« Non, c'était bien. Ça m'a plu. »

« OK, mais maintenant c'est ton tour, moi je suis fatigué. »

« Et de quoi veux-tu que je te parle ? »

« Je ne sais pas, par exemple… comment s'appelle ton chat, des trucs comme ça. »

« Hermès. »

« Et puis ? »

« Et puis c'est tout, il n'a pas de nom de famille. C'est un chat. »

« Je voulais dire : raconte autre chose. Comment il est, ce qu'il fait… »

« Mais ça t'intéresse vraiment ? »

« Non, mais au moins je me repose et je mange mes pâtes. »

« Il est noir, je crois qu'il commence à être vieux, il n'y voit pas très bien… »

« Et puis ? »

« Aaah… Et puis c'est tout, c'est un chat. Il se lave avec sa langue, il miaule. Les trucs normaux que font les chats. Ils font quoi les chats ? »

« Ils ronronnent. »

« Bravo, ils ronronnent… des trucs de chats… »
Il m'a regardé avec un tendre désarroi et moi j'ai souri.

« Bon, ça va, alors raconte une histoire qui t'est arrivée, ce que tu veux. »

D'habitude, raconter des histoires me mettait mal à l'aise. Mais le moment n'était pas banal, cette nuit-là. Donc je me suis lancée et j'ai révélé quelque chose à mon tour.

« Alors. Ça ne me concerne pas moi, mais c'est une histoire vraie. Il s'agit de ma grand-mère. Juste avant la guerre, disons en 1937 ou 1938, ma grand-mère rencontre un homme dans le train. Il a l'air élégant à certains égards, sa façon de parler par exemple, mais il est sale, tout dépenaillé et il porte avec lui un gros sac. Ils se mettent à parler et voilà qu'il dit qu'il a une blessure, quelque chose qui lui fait mal. Alors ils vont ensemble aux toilettes (tu imagines, non ? À l'époque…) et ma grand-mère, qui étudiait la médecine à Florence – pas infirmière, elle était vraiment médecin, chose rare en ce temps-là… –, bref, elle se rend compte que la blessure est

*sérieuse, qu'elle s'infecte. Seulement il ne veut pas aller à l'hôpital pour des raisons, ben va savoir, il ne l'a jamais dit, des trucs louches, politiques, et donc elle l'emmène chez elle, plus précisément dans une pension où elle vivait avec d'autres jeunes femmes. Elle l'installe là, le soigne. Bien entendu, en deux heures, ma grand-mère était tombée amoureuse. Mais voilà qu'au bout de quelques jours, l'homme se rétablit. Il la remercie, dit qu'un jour ou l'autre il paiera sa dette envers elle, ma grand-mère prend ça comme une phrase de convenance mais par la suite elle n'arrête pas d'y penser. La guerre éclate… et en 45, l'été, une lettre lui arrive par la poste. Et dans la lettre, il y a une feuille de lierre. Ces années-là il y avait une chanson qui disait quelque chose comme "*sono come l'edera, quando mi attacco non mi stacco più*", "je suis comme le lierre, quand je m'attache je ne me détache plus", un truc un peu gnangnan (en fait, j'ai découvert ensuite que la chanson datait de 1955, donc ma grand-mère avait un peu romancé le tout). Bien entendu, la lettre pouvait venir de n'importe qui, mais tu sais, durant la guerre, ma grand-mère n'avait pas rencontré tant d'hommes que ça. Et puis évidemment elle avait plaisir à penser que c'était bien lui. Passent deux ou trois semaines, puis un mois, puis deux. Et un jour on sonne à la porte. Et c'est lui, tout bronzé, avec plein d'histoires à raconter. Il empestait comme un bouc et il était un peu maigrichon, mais beau, tellement beau. Après tout ce temps, lui qui n'était même pas de Florence, était revenu exprès pour elle ! »*

« Et c'est ton grand-père. »

« Non. »

« Comment ça, non ? Et c'est qui alors ? »

« Quelqu'un. Quand il est revenu il avait déjà un peu de fièvre, ça ne semblait rien et pourtant il est mort de tuberculose un mois plus tard. Mais ce n'est pas ce qui compte. »

« Non, non, bien sûr. Mais ça aurait été plus beau. »

« Bon, d'accord, ça aurait été plus beau mais ce serait faux. On a dit : "des histoires vraies". Celle-là, elle est vraie. »

« Et jolie. Mais quelque chose qui te concerne toi, juste toi, tu n'en as pas ? »

« Mais c'est qu'il ne m'est rien arrivé de bien extraordinaire... »

« En vingt ans il ne t'est pas arrivé une seule chose intéressante ? Pas une ? »

J'en avais bien une, mais je n'en avais jamais parlé à personne. Pourtant il me semblait tout à la fois absurde et naturel de la raconter justement à lui.

« Une fois, en terminale, j'étais déjà très réservée, plus que maintenant, parce que je n'avais pas grand-chose en commun avec les gens du village. Je passais beaucoup de temps dans la campagne. J'étudiais. J'avais un prof de philo génial, monsieur Venturi, et à quinze ans j'avais décidé que je ferais de la philo. Je vivais avec mon père. Bon, mon père a toujours été quelqu'un de sérieux, pas rasoir ou sévère, mais disons un peu renfermé, avec sa

bibliothèque qu'il a commencé à constituer quand il était jeune homme... la seule bibliothèque du coin d'ailleurs... C'était le proviseur du lycée (maintenant il est à la retraite, même si on l'appelle encore monsieur le proviseur). Bon, c'était l'hiver et je lisais dans le grenier, à côté du poêle... »

Elle s'était levée et continuait à parler en allant et venant dans la cuisine. Et tandis qu'elle parlait, j'en profitais pour lui verser à boire.

« *Et voilà que par la lucarne je vois des jeunes du coin, plus âgés que moi, qui s'activaient autour de la voiture de mon père. Il faisait sombre, mais je savais qui c'était. Ils retirent les briques que papa mettait par sécurité derrière les roues, et puis le frein à main... Et penser que mon père les aimait bien ces jeunes, il se tracassait pour ce qu'ils allaient faire plus tard... Seulement cette année-là ils avaient redoublé et ils étaient persuadés que c'était de sa faute. Alors ils ont poussé sa voiture, qui a filé sur le raidillon et est allée défoncer la salle de traite du paysan d'à côté. Heureusement que c'était le soir et qu'il n'y avait ni vaches ni personne...* »

« Et toi, qu'est-ce que tu as à y voir ? »

« *C'est ça le hic. C'est que justement je n'ai rien fait du tout. Je ne l'ai même pas dit à mon père. Jamais.* »

« Et pourquoi ? »

« Parce que ça lui aurait fait trop de peine. Beaucoup plus que de se racheter une voiture. »

« Et c'est tout ? »
Elle est restée silencieuse un instant.

Je suis restée silencieuse un moment, et puis je lui ai dit la vraie raison, que je n'avais jamais dite à personne. À lui que j'avais considéré comme la personne la moins fiable du monde.
« En fait, c'est l'explication… disons "officielle" que je me suis donnée. Mais ce n'est pas tout à fait la vérité. »

« Et alors ? »

« Ça, je n'avais pas prévu de te le dire. »

« Tu fais comme tu veux. »

« Je n'ai rien dit à personne, mais eux, je suis allée les trouver. Deux jours après. Pour moi ça n'était pas facile. Ils étaient avec d'autres jeunes, devant le bar, comme tous les jours. Je m'approche d'eux et je leur dis : "J'ai à vous parler. Seule à seuls". Comme ça, solennelle. Évidemment eux, ils me rient au nez, ils commencent à se moquer de moi. J'en avais les larmes aux yeux, mais j'ai tenu bon et… je leur ai dit. »

« Quoi ? »

« Que je les avais vus et que c'étaient des merdes, et qu'ils devaient aller s'excuser, etc. Ils ont aussitôt changé d'expression.

Ils sont devenus sérieux et méchants. Maintenant il faut que tu saches une chose. Mon Dieu… mais pourquoi je te dis tout ça à toi ? Bon, allez, au point où j'en suis… »

Elle a bu une autre gorgée de vin. Je ne savais pas trop quoi attendre de la fin de ce discours.

« Venturi, le prof… »

« Eh ben… ? »

« Probablement que tout le monde le savait, et lui, Venturi, en premier. Mais moi j'étais persuadée que non… Enfin, pour faire court, ils me disent : "Si tu racontes l'histoire de la voiture à ton père, nous, on parle à tout le monde de Venturi !" Et alors, j'ai été lâche, je n'ai rien dit à mon père. »

« Mais toi, avec Venturi… ? »

« Mais pas du tout ! »

« Et alors ? Ton prof te plaisait. C'était quoi le problème ? »

« Tu vois, tu ne comprends pas ! Je n'aurais pas dû te raconter ça. J'ai eu tort. »

Elle est restée muette un moment.

« Pour moi c'était un problème. Je ne suis pas comme toi. »

« Parce que je suis comment, moi ? »

« Différent. »

À présent un grand silence régnait dans la cantine. Juste une ambulance au loin. Camille s'était levée. Tout avait changé d'un coup, et pour une broutille.

« Il était beau au moins ? »

« Non. »

Et après un instant de silence : « Peut-être qu'on devrait redescendre. »

« On s'en fume une dernière ? »

« Je ne fume pas. »

« Moi non plus. Je disais ça comme ça. Le jour se lève. »

En effet, une timide lueur rosée commençait à filtrer par les vasistas. On est sortis sur l'immense esplanade industrielle qui domine la lagune et les toits de Venise et on s'est mis, côte à côte, à regarder les mille fenêtres de l'hôpital. Certaines étaient éclairées, à d'autres il n'y avait qu'une lueur. En dessous de nous, une femme, enveloppée dans une couette et penchée au bord d'une terrasse, regardait la lagune. Près d'elle, sur un autre balcon, deux infirmiers fumaient. On est restés sans rien dire. Il m'a fait un beau sourire, comme s'il m'avait comprise. Puis, je ne sais pas ce qui m'a pris, je l'ai enlacé.

Elle m'a serré fort, tellement que je ne pouvais presque plus respirer. Après un très long moment, sans tenter le moindre baiser, on s'est écartés, et on s'est regardés.

J'ai un peu honte de le dire, j'étais ému et mes jambes tremblaient. Et, sur le ton le plus sincère de ma vie, je lui ai dit : « Je regrette que tu partes. Même si on ne se voit jamais… »

« On peut s'écrire. »

« Des lettres ? »

« Ou des mails. »

« Je n'ai pas d'adresse mail. »

« Bon, alors rien… »
Pendant ce temps, le jour s'était levé pour de bon.

***

Liuba avait un bras dans le plâtre, mais pour le reste, tout allait bien. Je n'avais pas envie de petit-déjeuner avec eux, j'ai donc dit que mon avion allait partir, même si ce n'était pas vrai.

Liuba avait remarqué quelque chose, mais sur le moment, elle n'a rien dit. Camilla a filé et moi j'aurais voulu la suivre.

***

Ma vie à Moscou était plutôt triste. J'arpentais la capitale à pied, mais ce n'est pas une ville où l'on se promène aisément. Je me sentais vivante mais aussi très seule. Connaître des gens avec qui j'aurais vraiment envie de passer du temps, pas seulement pour m'occuper, était plus difficile que je ne me l'étais imaginé. Et maintenant que j'avais passé des heures avec Silvestro, qu'avec lui j'avais finalement été mieux que toute seule, à la fois plus vivante et plus authentique, la difficulté de trouver quelqu'un avec qui me sentir sereine, forte, se faisait pressante et la solitude me pesait désormais comme jamais auparavant. Et les mille endroits que je voyais, les babouchkas qui se tapaient trois heures d'autocar pour vendre une chemise, les grands tableaux de la galerie Tretiakov ou la neige qui tombait dru la nuit, toutes ces expériences, sans quelqu'un avec qui les partager, étaient sèches et creuses. Les vivre me donnait le cafard. Chaque jour il me venait comme une évidence que les promenades que je faisais et les livres que je lisais n'avaient de sens que parce que j'allais les raconter Silvestro et que nous allions les partager.

Et puis un jour – j'étais arrivée depuis moins d'un mois et comme tous les jours je travaillais dans l'énorme salle de la bibliothèque Lénine – m'est parvenu un mail de Silvestro.

« Chère Camilla, sache que ce que tu as l'honneur de lire est le premier mail de ma vie. J'espère que tu n'as pas trop froid là-haut. Moi je vais bien, sauf que je n'ai plus de logement et je me demandais si ta petite maison si mignonne était encore libre. Merci. Moi. »

« Cher Moi, la maison est libre jusqu'à mon retour. Il devrait y avoir un trousseau de clés derrière le kaki. J'aime

bien le froid. Ça aère l'esprit. Et puis ici, à la bibliothèque, il y a le silence dont j'ai besoin. Mais pourquoi tu n'as plus d'endroit où habiter ? Ciao, Camilla. Ah, mon bonjour à Liuba. »

C'était la première fois que je revenais dans cette maison depuis la nuit où j'y avais dormi avec elle. Cette fois-ci il y avait du soleil et les quelques meubles étaient recouverts de draps. Elle était partie depuis plusieurs semaines mais son odeur était encore là. Je ne sais pas si c'était son parfum ou vraiment son odeur, ou bien si c'était celle de la maison – une bonne odeur d'humidité et de bois –, qu'après cette nuit-là j'avais définitivement confondue dans ma tête avec son odeur à elle.

De l'autre côté de la baie vitrée, le kaki, planté en terre, plus grand et chargé de fruits orangés sur ses branches noires. Le reste du jardin était comme dans mon souvenir : une jungle d'orties jonchée de parpaings écornés et de vieux cabestans. Mais à l'intérieur, cette petite maison était maintenant accueillante. Camilla m'avait indiqué qu'un trousseau de clés était caché près de l'arbre, donc, juste après avoir fait retaper mon canot, j'avais embarqué pour aller y faire un tour.

J'ai farfouillé dans ses livres, les quelques vêtements qui restaient, rangés dans un gros carton. Puis, au lieu de partir, je me suis affalé dans un fauteuil et je me suis mis à bouquiner.

Le soir venu, j'ai allumé les lumières et je me suis préparé un plat de pâtes à l'huile d'olive. Dans la maison, il y avait un peu partout des petits mots pour l'éventuel futur locataire : sur la manière de fermer le gaz, sur les boutiques de fruits et légumes les plus sympathiques du coin. J'ai dormi dans les draps humides avec ce radiateur qui pivotait. Je me sentais plus proche d'elle que je ne me l'étais senti cette première nuit d'il y a trois ans.

Le lendemain, j'ai apporté mon ordinateur et j'ai enfin commencé mon mémoire.

« Merci beaucoup. Je ferai en sorte de bien m'en occuper. Liuba, il vaut mieux que tu la salues directement… Pour la même raison, je n'ai plus ma chambre : on l'a tirée au sort et j'ai perdu. Mais c'est peut-être mieux comme ça, je suis plus tranquille ici pour rédiger mon mémoire. Ah, le kaki a donné des fruits et je pensais… »

« Je ne le savais pas, c'est dommage, Liuba ne m'a rien écrit. Tu te rappelles la chambre dont je t'avais parlé ? Je l'ai prise. Elle est toute petite mais très accueillante. »

« … Oui, moi aussi j'avance bien, je devrais soutenir mon mémoire en octobre. J'ai déjà choisi le titre : *Escargots débauchés. Les curieuses stratégies reproductives d'*Helix Aspersa *sur le littoral vénitien…* »

« Mais c'est quoi cette histoire que tu mets mes chaussettes ? »

« L'autre jour je me suis lavé les cheveux à l'œuf. Un conseil de ma tante. Mais peut-être que j'ai eu la main un peu lourde… Un seul suffisait, sur des cheveux courts… »

« Ah non, tu ne les cornes pas ! Les marque-pages ça existe ! Sinon tu me les rachèteras. »

« Tu sais que je n'ai plus mon canot ? Je ne comprends pas ce qu'il s'est passé. Quelqu'un l'a emprunté, ou volé. Ou peut-être qu'il s'est débiné parce que je le pilotais mal… »

« Je vais bien, juste que le chat me manque un peu. »

« C'est vrai, le chat ! Je le croyais mort ! »

« Je rencontre un tas de gens ! Bientôt, je n'arriverai plus à me concentrer ici aussi ! Après ta maîtrise, tu viens me voir ? »

Mais nous attendrions des mois avant de nous retrouver. Et peut-être que c'est aussi ça qui nous avait autorisés à être un peu plus ouverts, sincères et vrais l'un envers l'autre.

Rédiger mon mémoire m'ennuyait plus que je ne m'y étais attendu, alors que je me trouvais de mieux en mieux chez Camilla. Une fois par semaine – parfois en compagnie de Simone ou d'Ermanno – j'allais aux escargots sur la lagune.

Avec Liuba, on ne s'était pas clairement quittés. Aucun de nous deux n'avait dit : « Je te quitte », ça s'était fait progressivement. Elle allait de plus en plus souvent à Milan pour de l'interprétariat et moi j'avais de fait déménagé dans la petite maison.

Avec Liuba, on s'était écrit de moins en moins, c'est Silvestro qui m'avait dit qu'ils s'étaient quittés.

J'étais contente qu'il vive chez moi. Il ne restait que quelques mois avant la fin de mon séjour en Russie, qui sait ce qui allait arriver quand je reviendrais. Allions-nous vivre ensemble ? La vérité, que pourtant je n'admettrais jamais, c'est que je détestais Moscou, et que je voulais rentrer à Venise. J'y pensais, mais la défaite aurait été trop grande. En attendant, le lendemain j'allais commencer mon stage au théâtre Pouchkine.

QUATRIÈME HIVER
Janvier 2003

À Moscou, tous les théâtres sont dirigés par un metteur en scène, et plus important est le théâtre, plus importante est la personnalité à laquelle on le confie.

Celui où j'avais fait mon stage était l'un des plus grands. On y jouait surtout les classiques, Tchekhov, Tourgueniev, Ostrovski, et une représentation dans ce théâtre en garantissait la qualité. Le directeur était plutôt jeune pour la fonction, il avait tout juste cinquante ans. Il s'appelait Fiodor Stepanic Mandic. D'origine bosniaque, il vivait en Russie depuis très longtemps.

Le jour où j'y ai mis les pieds pour la première fois, je ne savais pas exactement ce que je devais y faire. C'était un stage de deux mois prévu par l'université, et comme Korsakov, mon professeur, avait pas mal de poids, il avait réussi à me placer. Il tenait beaucoup à ce qu'avant d'écrire un mémoire sur l'histoire du théâtre je vive cette expérience. « On ne peut pas écrire sur le théâtre comme on le fait sur le roman, répétait-il. Le théâtre n'est pas fait pour être lu ».

Il ne faisait pas si froid. Je me suis engouffré dans le métro, j'avais hâte d'arriver ; tant pis pour la promenade, on la ferait ensemble. Je ne la voyais pas depuis un an et je n'avais même pas une photo d'elle. Je me la rappelais belle – mais d'une beauté peu commune, surprenante, et surtout elle était inconsciente de sa beauté.

J'avais été accueillie par une grande fille affairée et pas très sympathique. Je n'avais pas idée de ce qu'elle faisait : tout semblait mystérieux. La seule chose qui m'avait été claire d'emblée, c'était l'atmosphère de respect et de terreur que répandait l'homme qui donnait des indications aux deux acteurs sur scène.

Aucune tâche ne m'ayant été attribuée, je m'étais assise au fond du théâtre pour regarder. Et j'y avais passé ainsi presque deux heures de bonheur, fascinée par les répliques travaillées et répétées des dizaines de fois. De temps en temps l'homme intervenait, depuis sa place ou en montant sur scène, et il donnait des indications que je n'arrivais pas à entendre. C'était beau de voir comment ensuite les répliques prenaient peu à peu de l'épaisseur, de la précision et de la puissance.

Je comprenais tout, parce que les acteurs jouaient en déclamant dans une langue qui m'était plus familière que le russe de tous les jours. Quoique mon niveau, avec tous ces mois passés à Moscou, s'était beaucoup amélioré et ne m'handicapait presque plus.

Les derniers temps, avant le stage, avaient été particulièrement durs ; et si d'un côté les messages de Silvestro me réconfortaient, me donnant chaque matin une raison d'aller à la bibliothèque dans l'espoir de lire un mail amusant, de l'autre ils avaient mis à l'épreuve ma détermination, ou mon entêtement à rester. Bien des fois j'avais pensé retourner à Venise avant la date prévue ; mon idée que la vie studieuse et solitaire était la plus adaptée pour moi commençait à battre de l'aile. Ce stage était censé me pousser définitivement à partir. Si j'avais souffert de la solitude à Moscou, la perspective d'avoir pour la première fois de ma vie un rapport quotidien et intense de travail avec d'autres gens, que de surcroît je ne connaissais pas, sans même savoir si j'allais être capable d'effectuer les tâches qu'on me donnerait, tout cela me remplissait de terreur. En fait, ce stage justement, et tout ce qui devait arriver ensuite, allait changer ma relation avec les autres.

Avec Silvestro on s'écrivait de moins en moins. Lui travaillait à son mémoire et… Non, en fait c'est moi qui avais commencé à ne plus lui répondre.

Avant de partir, j'étais passé chez le père de Camilla, là-haut dans sa campagne. Ermanno m'avait prêté la voiture avec laquelle il parcourait la Vénétie en tant qu'animateur pour enfants et j'étais ainsi arrivé au village de Camilla. Comme ça se faisait autrefois, j'avais demandé à droite à gauche où se trouvait la maison du proviseur Sannucci.

J'avais décidé de lui faire une surprise, vu qu'elle devait revenir sous quelques jours (selon mes calculs, son séjour devait être presque fini) et je voulais qu'elle retrouve son chat à la maison. Ermanno, Simone et Elena s'étaient étonnés de ce beau geste de ma part et, à vrai dire, moi aussi.

Même si, au cours des derniers mois, on s'était moins parlé – elle était très prise, tout comme moi –, au peu qu'elle m'avait dit elle semblait contente que le stage tire à sa fin. Je ne sais pas exactement comment on en était arrivés à moins s'écrire. Peut-être que c'était elle qui avait été d'abord plus distraite, et je m'étais adapté en lui répondant avec un certain détachement. C'étaient là des jeux que je connaissais bien.

J'avais aussi réaménagé la maison qui maintenant était bien plus accueillante. Je me demandais comment on allait s'organiser une fois qu'elle serait revenue à Venise, si on allait d'une façon ou d'une autre se partager la maison. Je le lui avais demandé deux ou trois fois, mais elle avait répondu de façon évasive de ne pas m'inquiéter. La solution à mes yeux était claire, on allait dormir dans le même lit, tout simplement parce qu'on allait entamer une très profonde et bouleversante relation sentimentale. Ce n'est pas que pendant tous ces mois j'avais pensé à elle chaque jour. Enfin chaque jour peut-être que si, mais pas toute la journée. Une fois ou deux tout au plus, et souvent sans émotion particulière. Et même si notre relation épistolaire et le fait de vivre chez elle me paraissaient d'un grand romantisme, ça ne m'avait pas empêché de m'autoriser quelques petites histoires et de m'amouracher de diverses voisines de bibliothèque.

Fiodor était yougoslave. Arrivé jeune homme à Moscou dans les années soixante-dix pour étudier le théâtre, il avait fini par y rester. Les premiers temps il avait fréquenté le Conservatoire, puis il avait travaillé comme acteur et on lui avait rapidement confié de petites mises en scène. Il avait attiré l'attention des critiques et les premiers succès étaient vite arrivés. Toutefois après 1990, et pendant plusieurs années, comme beaucoup d'autres, il n'avait plus réussi à vivre de sa profession. Il avait donc dû se mettre à faire un peu de tout, notamment parce qu'entre-temps était né Nikita, son fils.

Il avait été plombier, travaillé dans une agence de pompes funèbres, vendu une bonne partie de ses meubles et de ses œuvres d'art et, adaptable autant que doué, il était devenu un petit antiquaire. Mais le plus souvent, il cherchait à travailler avec des touristes et faisait le guide à l'entrée du Kremlin. Les premiers temps, à ce qu'il me racontait, il était timide et avait honte d'aborder les visiteurs anglais, français et allemands. Il se les faisait piquer par des concurrents plus malins qui connaissaient probablement beaucoup moins bien que lui les langues et l'histoire du Kremlin. Puis, comme en toutes choses qu'il entreprenait, il était devenu le meilleur. Il avait un contact qui inspirait une confiance immédiate ; et il était cultivé, sympathique et marrant : son nom avait même été cité dans un guide touristique anglais. Ça le faisait beaucoup rire mais il en était fier. La première fois que j'étais allée chez lui, il m'avait montré le guide où était imprimée sa photo devant le mausolée de Lénine.

Marsha, la femme de Fiodor, était une actrice de théâtre, à ce que l'on disait talentueuse, mais dépressive. Ils s'étaient connus lors des répétitions d'un spectacle, à la fin des années quatre-vingt, elle était plus jeune de quelques années. Il lui avait fait la cour et, quelques mois après, ils s'étaient mariés.

J'avais décidé de voyager en train parce que c'était plus facile avec le chat. Le père de Camilla m'avait donné tout ce qu'il fallait pour ne pas devoir abandonner la bestiole à la douane russe.

L'arrivée à Moscou avait été une grande émotion pour moi qui avais peu voyagé dans ma vie. Je m'étais senti très libre. J'étais en train de faire une de ces expériences que l'on croit ne pouvoir vivre que lorsqu'on est jeune, et je m'étais demandé pourquoi on ne pouvait pas les renouveler aussi plus tard. Les enfants, le travail ? Selon moi, le problème n'était pas tant qu'adulte on ne peut plus faire certaines choses, mais plutôt que cela n'a plus de sens, car cette sensation, donnée par la rencontre de la nouveauté, est pour toujours perdue. Si on a beaucoup vécu, beaucoup vu, il sera difficile que quelque chose nous paraisse inédit, parce qu'il sera presque toujours possible de faire entrer cette expérience dans des catégories déjà connues. Voilà pourquoi on a de moins en moins l'espoir qu'un événement extraordinaire puisse se produire au coin de la rue : trop de fois il n'est rien arrivé, ou ce qui est arrivé s'est avéré pas si extraordinaire que ça. Cet espoir constant et cette attente d'une expérience ou d'une personne qui changera notre vie en nous révélant enfin le sens de tout, la raison de notre existence, cet espoir et l'émotion que cet espoir porte en lui, c'est à mon avis l'essence même de la jeunesse. Ensuite, j'imagine, on commence à soupçonner que ce qui est déjà arrivé était plus fort que ce qui arrivera, qu'il ne peut plus rien se produire de tellement différent qu'on en soit étonné et bouleversé.

Ce n'était pas tant Moscou qui me paraissait extraordinaire, mais le fait qu'elle soit le point de départ d'une aventure qui durerait toute la vie. À partir de ce moment-là (à partir de tout moment véritablement extraordinaire) on pense que doit commencer une vie complètement nouvelle, on pense que doit commencer la Vie. Justement je me sentais vivant, il me semblait avoir compris le sens profond des choses, et j'étais heureux que cela coïncide avec le moment où j'allais revoir Camilla.

Après le premier jour de stage, rien n'avait été simple. Il m'avait fallu plusieurs semaines pour prendre mes marques. La grande fille qui m'avait « accueillie » avait été renvoyée – en Russie on licencie avec une grande facilité, ce qui explique, au moins en partie, que tous soient stressés – et je m'étais retrouvée à devoir assister le metteur en scène. Ça consistait surtout à apporter de l'eau, transmettre des ordres au décorateur, aider l'éclairagiste ou le costumier. Quelquefois, même si mon russe était loin d'être parfait, les acteurs me sollicitaient pour répéter leurs répliques.

Traverser les rues de Moscou, qui sont souvent à huit ou dix voies, c'est parfaitement impossible. Il fallait que je trouve un passage souterrain.

Il n'est pas commun de rouler à bicyclette à travers Moscou. Les rues sont très larges, avec beaucoup de circulation, les distances énormes et, surtout, le climat est terriblement hostile une bonne partie de l'année. Mais j'adorais me déplacer à vélo, à Venise je ne pouvais presque jamais le faire, du coup j'avais décidé que, bien que le climat soit encore plutôt froid, j'allais m'en acheter un. Ce que j'ai fait : pour sept cents roubles au marché d'Izmaïlovo, je m'étais offert une vieille bécane noire, très lourde, avec laquelle j'avais aussitôt, à grand-peine, traversé la ville.

Son père n'avait pas la nouvelle adresse de Camilla à Moscou (elle venait de déménager, sans rien m'en dire), mais il m'avait donné celle du théâtre où elle faisait son stage.

C'était le soir de la première. Tout le monde était très tendu et Mandic était encore plus dur que d'habitude. Il y avait beaucoup de journalistes et de gens connus – pas de moi évidemment – venus voir la très attendue représentation de Pères et fils.

La porte du théâtre était ouverte et il n'y avait personne à l'entrée. Je me dirigeais vers des voix lointaines en avançant dans des couloirs obscurs. J'avais peur que le chat ne se mette à miauler. Le style des couloirs était d'un soviétisme grandiose. Je passais devant de gigantesques statues et des centaines de photos en noir et blanc d'acteurs que je ne connaissais pas. Au bout d'un moment, le sol de marbre est devenu plancher et j'ai débouché dans une aile clairement non destinée au public.

Le spectacle s'était fort bien passé. Pour fêter cette réussite, nous étions allés dîner et surtout boire tous ensemble. C'était la première fois que je sortais avec eux.

Le metteur en scène était tout à coup de bonne humeur, blagueur et presque affable. Il nous avait amenés dans un restaurant géorgien où il avait ses habitudes. J'étais tombée éperdument amoureuse de Fiodor Stepanic Mandic.

Les voix russes étaient de plus en plus proches. Je n'avais pas la moindre idée du genre de travail que faisait Camilla et je n'étais même pas sûr de l'y trouver. Je me suis arrêté un instant parce que le chat commençait à s'agiter, puis j'ai passé la tête entre les tentures rouges et je me suis retrouvé dans une salle immense.

À la fin de la soirée, bien que pompette, j'avais récupéré mon vélo et j'avais pris la route pour rentrer.

Il était tard, il n'y avait plus personne dans les rues. J'appuyais sur les pédales et je chantais. Je chantais à tue-tête je ne sais quelle horrible chanson d'amour russe. Seulement, à quelques mètres devant moi, devant le portail de chez lui, il y avait Fiodor Mandic. Je ne m'étais pas arrêtée de chanter assez vite, si bien qu'il m'avait entendue, s'était retourné et m'avait reconnue.

Du coup, j'avais perdu mes nerfs. Je ne savais pas si je devais m'arrêter, passer mon chemin ou saluer de la main. J'avais honte, il m'avait vue chanter comme une folle et maintenant il me regardait en souriant. Alors j'ai freiné tant bien que mal, tout en levant la main, faisant en même temps mine de redresser mon chapeau, et juste au moment où je passais devant lui, sans qu'il cesse de me sourire, j'ai dérapé sur l'asphalte verglacé et j'ai glissé sur plusieurs mètres presque jusqu'à ses pieds. J'étais restée immobile, honteuse et ne sachant pas quoi faire. Je ne bougeais pas du tout, comme si j'étais paralysée, si bien que, inquiet, il s'était tout de suite penché sur moi. Ma tentative de faire la morte ayant échoué, j'avais finalement levé les yeux. Lui, énorme devant cette lumière blanchâtre, me demandait si je m'étais fait mal, si je pouvais me relever. Et moi, je ne sais pourquoi, jamais je n'aurais cru ça de moi, même pas de moi ivre, je lui ai dit : « Mais vous savez que vous êtes vraiment beau ? » Juste après j'avais eu envie de pleurer, mais heureusement il s'était mis à rire et m'avait ramassée.

Mes yeux ont mis un moment à s'habituer. Le parterre était désert et tous les fauteuils étaient couverts de toiles gigantesques. Sur scène il y avait deux acteurs habillés normalement pour ce qui est du bas et à la mode du XIXe siècle pour le haut. Au centre de la salle, derrière un pupitre éclairé comme dans les films, était assis un homme qui interrompait sans cesse la répétition. Mais aucune trace de Camilla.

Après m'avoir relevée, Fiodor, remarquant que mon pantalon était déchiré et ensanglanté sur le genou, m'avait proposé de monter chez lui pour me soigner. J'avais opposé une faible résistance avant de le suivre.

Il m'avait précédée dans un couloir plein d'affiches de théâtre. Il me fit signe de parler à voix basse, mais après ce que je venais de dire, je n'avais pas la moindre intention d'ouvrir la bouche.

Toute la maison semblait chaleureuse, pleine qu'elle était de livres, de bois et de cuir. Mais la vodka devait m'avoir abandonnée, parce que je me rappelle clairement m'être mise à trembler.

Fiodor m'avait fait entrer dans la salle de bains et farfouillait dans l'armoire à pharmacie. Peut-être était-il nerveux lui aussi – mais ça, c'est ce que je pense aujourd'hui, à l'époque je n'imaginais pas que Fiodor puisse se troubler pour quelqu'un d'aussi insignifiant que moi. En tout cas, nerveux ou pas, il avait fait tomber par terre une bouteille de désinfectant qui s'était brisée sur le sol et s'était excusé avec un beau sourire. L'instant d'après avait déboulé, les yeux tout collés, un gamin de huit ans. Fiodor avait demandé pardon pour le bruit, m'avait présenté son fils et lui avait expliqué, comme il l'aurait fait à un adulte, ce qui s'était passé. Alors Nikita s'était penché sur mon genou pour l'examiner, avait remonté ses lunettes sur son nez et m'avait demandé s'il pouvait se charger des soins lui-même. Il me semblait très sérieux et, très sérieusement moi aussi, je lui ai répondu que j'en serais très honorée.

Tandis que le gamin enlevait des graviers de ma peau et me désinfectait avec une précision et une délicatesse que je ne croyais pas avoir méritées, Fiodor me racontait combien il aimerait retourner en Italie, et particulièrement à Venise, où il avait été longtemps auparavant.

Si elle n'était pas dans ce théâtre, je commençais à me demander comment j'allais faire pour la retrouver. Tu parles d'une surprise, tout ce voyage pour rien. Il faisait très chaud là-dedans. J'ai posé le chat par terre et j'ai ôté mon écharpe.

Dès que le gamin a terminé de me soigner, je me suis enfuie avec une excuse absurde que je ne me rappelle même pas.

Les jours suivants, au théâtre, Fiodor n'avait pas changé d'attitude à mon égard, même s'il avait sûrement tout compris. Désormais, j'arrivais souvent en avance et je lisais dans le bar vieillot en face de chez lui, à une table un peu cachée ; ou bien je restais après les répétitions, et je l'observais rentrer chez lui avec l'enfant. Et puis un jour – c'était l'après-midi et il y avait un beau soleil – Fiodor avait traversé la rue, s'était approché et m'avait demandé la permission de s'asseoir. On s'était mis à bavarder normalement de choses et d'autres, juste histoire de causer. C'était la première fois qu'on parlait vraiment, et tout avait été si naturel que juste après il m'avait emmenée dîner, réussissant même à me mettre parfaitement à l'aise. À la fin de la soirée, il m'avait invitée à monter chez lui et, voyant mon trouble, il avait précisé qu'il y avait son fils et la baby-sitter. Pourtant j'avais déjà inventé une excuse et alors, comme une idiote, j'ai dû partir. Trois bisous sur les joues, comme on fait en Russie, et j'ai vite repris mon vélo. Mais dès que j'ai entendu se refermer le portail, je me suis arrêtée. Je me suis retournée et j'ai frappé de toutes mes forces sur l'énorme portail en espérant qu'il n'avait pas déjà disparu dans les escaliers et, dès qu'il a rouvert, je l'ai embrassé.

En désespoir de cause je pouvais toujours lui envoyer un mail, mais j'aurais gâché la surprise et puis, vu le temps qu'elle mettait à me répondre, je risquais de rester un bail tout seul à Moscou. Mais je me sentais toujours euphorique. J'étais dans un théâtre de Moscou ! J'apportais un chat à Camilla !

Fiodor et sa femme étaient séparés depuis des années. Je pensais qu'elle était morte, parce que je ne pouvais pas l'imaginer quittant quelqu'un (je le croyais infaillible et donc incapable de choisir une personne pour découvrir ensuite qu'il ne l'aimait plus. Bien évidemment, je ne pouvais concevoir qu'une femme puisse décider de quitter Fiodor). En fait, comme j'allais le découvrir longtemps après, c'est bien ce qui s'était passé. Mais Fiodor ne m'avait jamais expliqué pourquoi Masha, avec un enfant en bas âge, avait décidé de se séparer de lui.

J'y repensais au théâtre, ce jour où je courais en tous sens parce qu'on avait pris du retard dans les répétitions. J'apportais les perruques sur scène. Fiodor me mettait la pression et je ne savais jamais trop comment me comporter en public.

Tout le monde était au courant, notre histoire n'était pas un secret, mais lui ne voulait pas que dans le travail – et même les rares fois où on sortait boire un verre avec les autres de la troupe – on puisse soupçonner entre nous autre chose qu'une relation professionnelle. Une fois, par exemple, pas mal de temps avant, Fiodor avait oublié chez lui son agenda. Alors, naïvement, j'avais proposé d'y aller, ce que j'aurais pu faire sans problème si je n'avais été que son assistante. Sur le coup il m'avait dit simplement que ça n'était pas nécessaire, mais ensuite, sans me donner d'explication, il avait été froid avec moi jusqu'au soir. Quoi qu'il en soit, peu après cet épisode, je suis allée vivre avec lui.

Ce jour-là donc, je devais apporter des perruques sur scène pour voir si elles faisaient l'affaire, et pendant ce temps Fiodor et Nastia, l'actrice principale, discutaient à haute voix. À l'accoutumée, c'était comme si je n'étais pas là, mais je n'en étais pas moins heureuse. J'étais heureuse parce que pour la première fois de ma vie j'étais follement amoureuse et, aussi incroyable que cela me semblait, cet amour était partagé. Rien d'autre ne m'importait, pas même d'être maltraitée, de ne pas pouvoir l'embrasser devant les autres comme je l'aurais voulu, de ne pas revoir ma maison, mon père, mes amis. Rien ne m'importait en dehors de lui.

Je suis revenue dans la salle avec d'autres perruques et dans le noir j'ai heurté quelqu'un. Je me suis excusée et j'ai continué vers la scène.

« Oh, pardon ! »

Je ne suis pas arrivée à penser à quoi que ce soit de positif en le trouvant là. Mon unique sentiment était la peur qu'il me fasse faire une piètre figure devant Fiodor, que celui-ci puisse me considérer comme une gamine, et qu'il me quitte. Cette peur a totalement dominé la surprise. Je ne me suis pas demandé tout de suite « qu'est-ce qu'il fabrique ici, lui ? » mais bien (j'ai honte mais c'est comme ça) : « Et maintenant, qu'est-ce que je vais dire à Fiodor ? »

« Tataaaa ! Je t'ai amené le chat ! »

La tête qu'elle faisait ! J'étais fier de mon coup de théâtre.

Personne ne s'était encore aperçu de rien, heureusement. L'instant après j'allais éprouver de la compassion pour lui, et même me sentir coupable, mais sur le coup, quand je l'ai vu, je l'ai haï : comment avait-il osé ? J'ai essayé de faire semblant de ne pas manquer d'enthousiasme, mais je n'y arrivais pas. Une partie de moi voulait qu'il comprenne qu'il était de trop et qu'il en souffre. Je voulais qu'il disparaisse dans le néant.

Elle me paraissait contente. Surprise, bien entendu, vu qu'on ne s'écrivait pas depuis un bon moment, et puis elle était au travail, mais elle m'a semblé vraiment contente de me voir.

« J'ai eu ma maîtrise ! »

« Super. Bravo. »

« Et je t'ai amené le chat ! »

En effet il avait bien amené le chat. J'aurais pu manifester de la joie, mentir, faire mine d'être contente et, surtout, faire semblant que ce chat soit bien le mien. Au contraire, il y avait, dans ma façon de lui répondre, un imperceptible sadisme :
« Mais lui, c'est pas mon chat. »

« Comment ça ? C'est ton père qui me l'a donné… »

« Il a dû se tromper, il en a tellement… »

« Oui, j'ai vu. »

« Mais bon, ça ne fait rien, c'est très gentil de ta part. Merci. »

« Très sympa, ton père. Il m'a offert du vin qu'il fait lui-même et… »

« Oui, excuse, tu me le diras après parce que là… »

« Oui, oui, bien sûr ! »
À ce moment-là un type l'a appelée, celui qui depuis que j'étais entré n'avait pas arrêté de faire entendre sa grosse voix et d'engueuler tout le monde, et, en s'excusant encore, elle a filé. Je me suis assis dans les dernières rangées de ce théâtre immense et j'ai regardé les répétitions jusqu'à la fin. J'avais vraiment bien fait de venir. Je me sentais un héros. Un peu dommage, cette histoire du chat. Chez son

père, il y en avait en effet un autre très ressemblant. Mais bon, comme ça, celui-ci devenait officiellement *notre* chat. Maintenant il fallait lui trouver un nom. Quoi qu'il en soit, j'étais à Moscou, dans un théâtre, dans le noir ! Je me délectais de l'attente de mon rêve romantique. Qu'est-ce qu'on allait faire après ? J'imaginais une nuit pareille à celle passée à l'hôpital, mais qui aurait continué pendant des jours, des mois, pour toujours. On allait faire l'amour et des promenades dans Moscou, voyager à travers la Russie, ensuite on reviendrait à la maison, sans dormir ne serait-ce qu'une seule minute. Jamais dans ma vie je ne m'étais senti plus maître de mon destin, plus fort et plus chanceux.

Dans le doux déchirement de cette attente, séduit par le son des voix qui jouaient on ne sait trop quoi dans cette langue si belle et si bizarre, je cherchais un nom pour le chat. On pourrait lui donner un nom russe. Sacha, ou bien Dimitri. Dimitri, c'est joli pour un chat.

Fiodor était au centre de la salle, assis devant son pupitre. Que devais-je lui dire ? Comment allait-il me juger ? J'aurais voulu lui raconter que je ne savais pas qui était ce garçon, que je ne le connaissais pas. Mais je ne pouvais pas et je me suis donc limitée à annoncer que c'était un ami, pas vraiment un ami ami, quelqu'un que je connaissais, qui était de passage à Moscou et était juste venu me saluer. Je me dégoûtais un peu pour cette présentation de Silvestro, mais surtout j'avais honte d'avoir menti à Fiodor. J'avais aussi peur que Silvestro me mette dans l'embarras. Ce n'est que longtemps plus tard que j'ai compris que ce qui chez moi plaisait à Fiodor, c'est justement que j'étais une gamine. Mais trop jeune et abêtie par mon amour désespéré, je ne pouvais pas m'en rendre compte. Quoi qu'il en soit, à ce moment-là il a fait semblant de me croire, et, concentré sur son spectacle, il m'a réexpédiée sur la scène où les acteurs attendaient leurs perruques. Tout ce temps je sentais sur moi le regard de Silvestro depuis le fond de la salle. Pourquoi il ne s'en va pas ? Il a bien dû comprendre, non ?

J'étais assis sur une marche de la sortie des artistes qui donnait sur une rue peu fréquentée. Le quartier était nettement plus silencieux et agréable que ceux que j'avais traversés pour arriver jusque-là. Il y avait même des jardinets, aux arbres chargés de neige fraîche. Passant près de moi, une petite vieille a souri et m'a dit quelque chose en russe.

J'ai aussi profité de ce moment pour faire manger le chat ; le pauvre était à jeun depuis Venise. Que ce ne soit pas le bon chat n'était pas une raison pour le négliger. Et puis maintenant, c'était notre chat.

On descendait tous vers la sortie : acteurs, techniciens, Fiodor et moi, de bonne humeur et détendus parce que les répétitions se passaient bien, et puis j'espérais, je croyais presque que Silvestro se serait évaporé, que nous n'allions pas le trouver à nous attendre là, dehors, et que ma vie aurait continué dans cette étrange suspension où je n'étais plus moi et pas encore quelqu'un d'autre. Avec un incroyable aveuglement je me refusais à affronter le problème. Je crois que personne ne s'était rendu compte de mon trouble : j'étais silencieuse de nature.

Quand nous avons ouvert la porte, Silvestro était là, à quatre pattes, donnant à manger au chat.

J'ai bondi sur mes pieds. D'abord sont sortis les artistes et puis elle, qui parlait en russe et semblait toute contente. Je lui ai fait un grand sourire.

Il s'est relevé et est venu à ma rencontre. Les autres sont partis, on est restés tous les trois. Qu'est-ce que je pouvais faire ? J'ai fait les présentations.

« Fiodor, Silvestro. Silvestro, Fiodor. »

J'ai serré la main de celui qui devait être le fameux metteur en scène et je ne comprenais pas bien pourquoi il ne dégageait pas de là. Peut-être que j'avais mal fait de la retrouver à son travail, mais je ne savais pas où j'aurais pu la chercher ailleurs. Je commençais à penser que je l'avais mise en difficulté. Trop tard, maintenant j'étais ici.

« Qu'est-ce qu'on fait ? »

***

Pour une raison qui m'échappait, Camilla devait accompagner ce type je ne sais où, et je me suis donc joint à eux. D'ailleurs c'était tout près.

Je ne savais vraiment pas quoi faire. Je n'étais pas obligée d'accompagner Fiodor, et j'aurais peut-être pu éviter de me retrouver à marcher dans Moscou entre eux deux, avec Silvestro qui n'avait encore rien compris et Fiodor qui ne comprenait que trop. Mais je ne voulais pas rester seule avec Silvestro.

On longeait la berge d'un étang gelé, entouré d'arbres et d'immeubles, non loin du théâtre. En dessous de nous des enfants patinaient. Camilla était au milieu, entre ce type et moi. Je la regardais d'un air amusé, comme quand on joue à je-te-tiens-par-la-barbichette. Elle était différente, elle paraissait plus mûre ; très belle aussi. Elle avait les cheveux courts et plus sombres.

« Ça te va bien les cheveux comme ça. »

« Merci. »

C'est alors que je me suis souvenu que, quand j'étais allé récupérer le chat, son père m'avait donné une enveloppe.

« Ah, tiens. Je crois que c'est de l'argent. »

Elle semblait embarrassée.

« Tu n'en avais jamais vu, des euros, hein ? »

Elle m'a remercié et les a glissés tout de suite dans sa poche.

« J'en avais vu. »

« Ah ! Plutôt moches, non ? »

« Eh oui ! »

Je sentais Camilla pas très à son aise mais je n'arrivais pas à en comprendre la raison. Ça avait sûrement à voir avec son chef.

À l'époque, il m'était impossible d'imaginer que Camilla puisse avoir une relation avec un homme. À dire vrai, même pas avec moi. C'était une fille à qui écrire des madrigaux, voilà. Et puis je croyais être le seul à l'avoir découverte en tant que femme et j'étais persuadé qu'elle m'attendrait.

Peut-être que l'année précédente, que je voyais alors lointaine et un peu ridicule comme mon enfance, je me serais mieux comportée, j'aurais eu le courage d'affronter cette situation. L'année précédente, d'un autre côté, je ne me serais jamais trouvée dans une situation pareille. Mais ces mois avec Fiodor m'avaient rendue dépendante de lui et incapable de me dépêtrer seule du moindre problème. Et, de fait, c'est lui qui m'a dit comment agir.

Jusqu'à cet instant, le chef de Camilla était resté muet. Puis il s'est tourné vers moi et, dans un italien bricolé, m'a demandé si mon voyage s'était bien passé, mais sans vraiment écouter ma réponse. Puis il a échangé deux mots en russe avec Camilla et, dans un ridicule élan athlétique, il est descendu vers l'étang.

« Il est venu pour toi ? » m'a demandé Fiodor avant de descendre vers l'étang chercher Nikita.

J'ai hoché la tête.

« Alors ne le fais pas passer pour un crétin. »

Je ne savais pas comment me défendre. J'ai répondu qu'il n'était là que depuis dix minutes, mais il m'a dit d'un ton glacial que j'avais donc été incorrecte pendant dix minutes. Puis il a sauté dans l'étang du Patriarche, très beau, comme toujours.

Il nous avait laissés seuls.

« Mais qu'est-ce qu'on est venus faire ici ? »

« Chercher son fils. »

« Ah ! »

Silvestro me fixait d'un air ahuri.

« Et elle, c'est sa femme ? »

Était-ce possible qu'il n'ait pas encore compris ? Que ce soit à moi de faire tout le travail ? Pourquoi ça devrait être sa femme ? Il était en train de la payer ! Ce n'était pas limpide que c'était la baby-sitter ? Il le fait exprès ou il est vraiment bête ? Il me faisait de la peine et plus il m'attristait, plus je le détestais, parce que je me sentais coupable. Mais quelle idée de se pointer comme ça, sans prévenir, après ces derniers mois où l'on ne s'était même pas écrit !

Elle n'avait pas répondu tout de suite et je commençais à sentir que quelque chose ne tournait pas rond. Mais non, ce n'était pas possible… Une situation si moche. C'était improbable que je me retrouve dans une situation aussi tordue. Moi, ça ne m'arrivait jamais.

« Non, ce n'est pas sa femme. Fiodor et sa femme sont séparés. »

La première sensation a été une honte abyssale ; cette vieille honte de quand, chez des amis à mes parents, une splendide fillette plus âgée vous découvre en train de faire caca. J'aurais voulu que maman soit avec moi, à cet instant-là. Déception et ressentiment sont venus ensuite.

J'étais paralysé par l'embarras et je n'ai pas pu prononcer un mot.

Quand ce type, que maintenant j'imaginais nu au-dessus de Camilla (au-dessus de Camilla ! Ma Camilla !) est revenu avec le gamin et les patins à la main, je me suis senti soulagé : au moins je n'étais plus seul avec elle. Et quand il a dit « *Let's go kids* » avec l'autorité et la douceur qui devaient l'avoir fascinée elle aussi, je l'ai suivi, presque avec reconnaissance. Il éviterait que Camilla me mette encore plus mal à l'aise. Lui, c'était un Monsieur.

Le petit garçon m'a pris des mains la cage du chat et le chef nous a conduits je ne sais où. Il n'y avait pas de compétition entre lui et moi. C'était comme si j'étais invité chez des amis de mes parents et plus j'aurais essayé de jouer les grands, plus je serais passé pour un gamin.

La première chose que m'a demandée Fiodor en remontant c'est si je lui avais dit.

« Oui », j'ai répondu.

« Bien. » Mais j'ai eu un pincement au cœur, car en réalité je n'avais pas eu le courage de le lui expliquer clairement, comme aurait voulu et su le faire Fiodor.

Camilla m'a demandé ce que je voulais faire. « Ce que tu veux toi », je lui ai répondu.

Ça ne rimait à rien qu'on aille se balader en ville, lui et moi. On a essayé de parler de choses et d'autres, mais ça non plus n'avait aucun sens ; le soir tombait et, quand Fiodor lui a proposé de monter à la maison, je n'ai pas su quoi objecter.

On avait choisi de faire comme si de rien n'était, et donc quoi de plus naturel que Silvestro reste dormir chez nous.

Juste pour sauver les apparences, quand je me suis remis du choc, j'ai inventé que j'étais là parce que je faisais un voyage en solitaire après ma maîtrise et que j'étais passé la voir (avec le chat...), mais bon, il fallait bien une version de circonstance. Au fond, avec Camilla ça pouvait passer, vu que non seulement entre nous il n'y avait jamais eu un baiser, mais aussi parce que le contenu de nos mails n'avait jamais été explicite. Pourtant ne savions-nous pas tous les deux ce qu'il y avait sous tous ces discours sur les chaussettes, les kakis et les soupes à l'ail ? Je m'étais vraiment raconté des histoires ?

Nous lui avons donc préparé son lit dans la chambre de Nikita puis, pendant qu'il se douchait, Fiodor et moi avons commencé à préparer le dîner. Comme d'habitude la conversation a porté sur les répétitions au théâtre (pour lui « l'affaire Silvestro » était classée et ne le préoccupait plus) et s'est transformée en un questionnement sur ce qui allait et ce qui n'allait pas. À l'époque, je me sentais flattée de recevoir les enseignements d'un homme comme lui et j'avais même du mal à comprendre pourquoi il perdait son temps avec moi.

Il traitait Silvestro avec la plus grande gentillesse. Il ne le considérait évidemment d'aucune manière comme un rival ; en admettant que Fiodor envisage l'idée d'avoir un rival, en amour comme en tout autre domaine.

***

Nous vivions ensemble depuis presque six mois. Ça m'avait d'emblée semblé naturel et tout à coup j'étais devenue une femme : j'avais modifié mes habitudes, ma façon de m'habiller, de parler. J'avais changé de goûts et d'intérêts. J'avais découvert le sexe, en étais très heureuse et jamais rassasiée. Je ne me reconnaissais plus, j'étais enivrée et pour aucune raison je n'aurais renoncé à cette nouvelle vie qui m'était échue.

Je ne comprenais pas pourquoi Silvestro avait accepté de venir dormir chez nous. Probablement par orgueil, pour montrer que cette situation n'avait pour lui rien d'humiliant. Mais c'était une façon de raisonner tordue et stupide, vu que nous savions tous de quoi il retournait.

Tandis que le gamin jouait avec sa PlayStation, de l'autre côté, dans la cuisine, les tourtereaux papotaient en russe. Je me suis levé et j'ai commencé à déambuler dans la maison. Elle était pleine de photos du type, jeune, moins jeune, encore moins jeune, à cheval, avec Peter Ustinov, avec Brejnev, avec Gorbatchev. Et puis pleine d'affiches de spectacles, de livres, de bibelots horribles et parfois, presque caché, quelque chose qui rappelait Camilla, un livre en italien ou ses vieux gants de laine que probablement elle ne mettait plus.

Je me suis arrêté devant leur chambre à coucher, mais sans entrer. Puis je suis arrivé dans le salon d'où venait de la musique, *Pierre et le loup*, je crois. Au fond, dans le coin cuisine, ils s'activaient. Ils ne m'avaient pas vu. Ils ne faisaient rien de spécial. Ils parlaient, plaisantaient. Mais qu'est-ce que je fichais là, moi ?

Je suis revenu dans la chambre, j'ai fourré mes affaires dans mon sac à dos, salué d'un geste le gamin, occupé à désintégrer des zombies, et je me suis aventuré le plus silencieusement possible vers l'entrée. Mais Camilla m'a vu aussitôt.

« Où tu vas ? »

Je n'ai pas réagi, j'ai continué comme si j'étais sourd. Je voulais arriver à la porte et en finir, partir de là. Je ne pouvais pas m'humilier plus longtemps.

J'aurais peut-être dû faire semblant de rien, le laisser partir comme ça. Mais Fiodor ne me l'aurait pas pardonné. Et moi non plus. Ça n'aurait pas été, comme j'aurais pu me le faire croire, de la compassion envers Silvestro, simplement de la lâcheté de ma part.

Fiodor était quelques mètres derrière, il continuait à peler des pommes de terre. Il fallait que je réagisse. J'ai rattrapé Silvestro sur le pas de la porte et je lui ai dit la seule chose qui m'a semblé sensée sur le coup, même si j'aurais pu l'éviter : « Mais, excuse-moi, ce n'est pas moi qui t'ai demandé de venir. »

Ça m'a figé sur place ; je n'avais aucune envie de discuter, mais je ne pouvais pas ne pas réagir. Un peu de dignité, quoi ! Maintenant il fallait que je me retourne et que je lui réponde.

Je ne voulais pas me mettre en colère, juste m'en aller. Pourquoi elle ne me laissait pas faire ? Par méchanceté ? Pourquoi elle me détestait tant que ça ?

Alors, dans cette petite entrée pleine de miroirs et de tant de chaussures au sol qu'on trébuchait – parce que c'est ce qu'on fait en Russie, on ôte ses chaussures avant d'entrer chez soi –, nous nous sommes mis à parler. J'ai commencé avec le plus grand calme.

« Ça, c'est pas vrai. J'en ai la preuve écrite. »

« D'accord, il y a six mois. Et tu n'es pas venu. Les choses changent. »

Elle ne se contenait plus. Jamais dans ma vie je ne m'étais senti autant du côté de la raison. C'était peut-être la première fois que je sentais n'être pas le moins du monde en tort : « Tu aurais dû me le dire. »

« Et pourquoi ? »

« Parce que comme ça sans doute que je ne serais pas venu ! »

J'avais hurlé. Alors Camilla s'est légèrement déplacée et a pris un air plus accommodant, si bien que j'ai failli marcher. Et puis non : elle voulait que je baisse la voix, que l'autre n'assiste pas à cette scène pitoyable. Ça m'a fichu en rogne et je me suis mis à crier encore plus fort.

De la cuisine, Fiodor m'a demandé s'il devait intervenir : il ne voulait pas que je le laisse partir à l'heure qu'il était. Mais Silvestro avait tout compris et il se vengeait en me faisant passer pour encore plus ridicule, plus mesquine que je ne l'étais.

« Qu'est-ce qu'il y a ? Je te fais perdre la face devant Papitov ? »

« Allez, arrête ça. »

« De toute façon, j'avais envie de venir et je suis venu. Et y a pas de problème, je vais me faire une petite balade à travers la Russie. »

« Mais tu vas où à cette heure-ci ? »

« Ne t'en fais pas pour moi. Je suis majeur. »
Mais je ne pouvais pas quitter la scène comme ça. Je devais la blesser. Au moins essayer. Alors je l'ai écartée, pour me faire voir de l'autre vieux machin qui était resté là, séraphique, avec sa patate entre les mains, et je me suis placé entre eux deux. En réalité je ne savais pas très bien quoi dire. Tout ce que j'ai pu sortir c'est : « Bon… très spirituelle cette retraite. Mais ça te fait pas chier de lui apporter ses moumoutes ? »

« On apprend un tas de choses en apportant des moumoutes. »

Sa réponse n'était pas non plus des meilleures. Et ainsi, à demi satisfait, me permettant même le luxe de ne pas claquer la porte, je me suis aventuré dans la terrifiante nuit moscovite.

Après que Silvestro a claqué la porte, Fiodor m'a demandé si je voulais qu'il le rattrape. J'ai secoué la tête, il a essayé de me prendre dans ses bras.

La neige tombait à gros flocons, colorée par les lumières des voitures et des boutiques. Au loin, il y avait ces coupoles en massepain, dont je ne croyais pas qu'elles existaient en vrai. J'avais envie de pleurer.

Camilla m'avait écrit que Moscou était de moins en moins comme on s'y attendait. Camilla. La Camilla d'avant, ou du moins celle que je m'étais inventée et que j'avais l'intention d'oublier le plus vite possible, alors que je continuais à marcher droit devant moi, vers je ne sais où.

C'est là que j'ai décidé qu'allait commencer une nouvelle phase de ma relation avec Fiodor. Je pensais que nous allions devenir un couple solide et amoureux, mais aussi un couple équilibré. Je n'allais plus souffrir de ce sentiment d'insuffisance, je n'allais plus avoir honte avec Fiodor et il aurait enfin à ses côtés une femme à qui il n'aurait pas à tout expliquer. D'une façon obscure, mon envie de changement était liée à ce geste de Silvestro auquel, les jours suivants, j'avais repensé avec tendresse. C'était mignon ce qu'il avait fait. Un peu ridicule, mais mignon. Il m'avait rappelé ce que j'étais et ce que je pouvais être. Avec Fiodor. Maintenant que j'allais devenir adulte, il m'aimerait plus que jamais.

CINQUIÈME HIVER
Février 2004

Quand on passe une maîtrise en Italie, surtout dans une matière inutile comme les sciences de l'environnement, on sait d'avance qu'on ne trouvera pas facilement du boulot. Mais j'avais eu plutôt de la chance, j'étais agent technique au Jardin botanique et en même temps je préparais mon doctorat.

Aucun de mes amis n'avait quitté Venise. Simone faisait son stage en psychiatrie ; je le voyais bien psychiatre, parce que c'était – et c'est toujours – un type sérieux, bon et très patient (à en être parfois irritant). À cette époque pourtant il était triste : Elena, avec qui il avait partagé vie, maison et études pendant cinq ans, l'avait quitté, prétextant qu'elle s'était lassée d'un garçon aussi parfait que prévisible.

Niccolò écrivait toujours son mystérieux roman sur les arbres tout en étant vendeur à la librairie La Toletta.

Ermanno travaillait avec les enfants. Il avait mis sur pied une association qui les suivait dans des centres aérés et il faisait tout pour me convaincre de le rejoindre. Ce jour-là, par exemple, il m'avait amené un groupe au Jardin botanique. Quant à Camilla, aucune nouvelle ne m'était parvenue pendant plusieurs mois. J'avais par ailleurs des aventures sans grande importance et, tout compte fait, je m'amusais bien. Puis un jour elle m'avait écrit.

***

« Eh ! oh ! dans le frigo il y a une bière et de la sauce tomate toute prête. »

Comme d'habitude aucune réponse à travers la porte de la chambre à coucher. J'ai mis au frais les pâtisseries que j'avais achetées pour un dîner avec une fille et j'ai défait mon manteau.

La maison avait changé, je lui avais donné un coup de peinture et l'avais remplie d'un peu de tout : meubles, tapis, trucs qui pendouillaient. Le jardin était devenu une espèce de petite jungle exotique. L'été, à part les moustiques, on y était très bien. Dans le salon-véranda, il continuait cependant à pleuvoir et à faire très froid l'hiver. En fait, je n'étais pas trop content de devoir dormir là, depuis que Camilla était revenue.

« Pardon, tu peux venir une seconde ? »

Jusqu'à présent j'avais été extrêmement gentil avec elle, y compris parce que la revoir ne m'avait fait vraiment aucun effet, ni positif ni négatif. Elle devait soutenir son mémoire et, vu qu'ici c'était toujours chez elle, elle m'avait demandé si elle pouvait y loger quelques temps. Impossible de refuser, seulement je n'avais pas d'autre endroit où dormir et nous allions donc devoir cohabiter.

Mais elle était bizarre : bien qu'arrivée il y a deux jours, elle n'était jamais sortie de sa chambre. Elle avait beaucoup maigri depuis l'année dernière où je l'avais vue en Russie ; d'autre part, je n'avais aucune envie de lui poser des questions qui ne soient que de pure politesse.

Je suis entré dans sa chambre – qui était au fond *ma* chambre, que je lui prêtais gentiment pour ces quelques jours mais dont je payais la sous-location depuis presque deux ans – et, avec un sourire sincère, je me suis assis devant elle. La pièce sentait le renfermé et Camilla était recroquevillée sur le lit, en pyjama.

« Alors ? C'est quand ta soutenance ?

« Je ne sais pas exactement. Demain j'irai demander. »

« Préviens-moi quand tu le sauras, on pourra organiser quelque chose, aller boire un spritz avant que tu repartes. Comme ça, tu reverras aussi les autres. »

Elle avait les yeux tout rouges.

« Écoute. Comme tu as dû le comprendre, en ce moment j'ai des problèmes et…, probablement que je vais rester ici un peu plus longtemps. »

La nouvelle m'a inquiété, mais j'ai fait comme si de rien n'était.

« Ne t'en fais pas, reste autant que tu veux. Formellement la maison est encore à toi. »

« Non, je veux dire… Je veux dire que je voudrais la récupérer. »

Ma petite maison ? Elle voulait récupérer *ma* maison ? Comme ça, du jour au lendemain ?

Mon expression a dû changer du tout au tout parce qu'elle m'a soudain regardé comme si elle avait peur. Elle n'avait pas tort, car je lui aurais volontiers flanqué une claque.

« Quand ça ? »

« Dès que possible, dès que tu trouves quelque chose. Je ne sais pas, où tu étais avant c'est encore… ? Je sais bien que… »

Je me suis levé. Maintenant, de l'autre côté de la fenêtre, il faisait presque nuit.

« Excuse-moi… »

« Que je t'excuse ? Excuse mon cul ! Ça fait deux jours que tu t'excuses et puis… Enfin, bon. Un minimum de préavis, non ? Tu le découvres aujourd'hui que tu dois rester ? Tu m'as dit que tu venais passer ta soutenance… »

« Exact. »

« Oui, mais qu'ensuite tu repartais. Tu n'étais pas bien en Russie ? Je comprends que tu aies tes problèmes, mais moi aussi, c'est pas que… »

« Mais pour qui tu te prends ? Qu'est-ce que tu connais de ma vie ? »

« C’est si compliqué ? Vous vous êtes séparés, c’est ça ? »

Je me suis tourné vers elle et j’ai vu qu’elle pleurait. Là je ne savais plus quoi faire. C’est elle qui a tranché : elle s’est levée et est allée de l’autre côté. Peut-être que j’avais été trop con.

« Excuse-moi. »

***

J’avais mis un peu de musique et débouché le vin que je devais apporter, avec les gâteaux, à mon dîner avec l’autre fille.

On était sur ce canapé un peu humide et Silvestro avait ouvert du vin. Je me sentais coupable.

« Tu as enduit la tache au plafond ! »

« Oui, mais je ne sais pas combien de temps ça va tenir… »

« Quand même, la maison est sympa. Maintenant elle est beaucoup plus gaie. »

« Merci. Bon, j’y vais. »

« Attends. Pour la maison… Je sais que ce n’est pas facile de trouver quelque chose à Venise. Si je ne t’ai pas dit plus tôt que je restais, c’est parce que je ne le savais pas moi-même. Excuse-moi. »

Et c’est comme ça que nous avons commencé à cohabiter, le temps que je trouve un autre logement convenable. Bien entendu elle allait m’aider à chercher.

***

J'étais vraiment revenue pour soutenir ma maîtrise. Mais Fiodor et moi on s'était quittés, ou presque : en somme, ça n'allait pas et j'avais décidé de prendre quelques jours pour réfléchir. Officiellement c'est moi qui l'avais quitté, mais je ne l'avais pas pensé sérieusement. Depuis que j'étais à Venise, je n'avais fait qu'attendre son coup de fil, qui n'était pas arrivé, et à la fin c'est moi qui l'avais appelé ; et il m'avait répondu tout tranquille qu'une coupure me ferait du bien, m'aiderait à m'éclaircir les idées. J'étais mal, comme jamais. Je m'étais repentie d'avoir exigé une relation différente et je me sentais à ce moment-là prête à n'importe quel compromis.

Je pensais qu'en devenant plus adulte, plus indépendante, les choses iraient encore mieux entre nous. Mais je comprenais que ce qu'il avait voulu de moi c'était justement une personne qui ne le juge pas, ne le contredise pas et reste son élève. À la vérité, en devenant mon « professeur de vie », Fiodor m'avait aussi donné les outils pour comprendre que je ne souhaitais pas ce genre de relation.

Pourtant, durant les premiers jours à Venise, je ne pouvais éviter de penser que j'avais fait une erreur, et je savais que, dès qu'il me le demanderait, j'accourrais sans attendre auprès de lui.

Fiodor ne semblait pas le moins du monde affolé à l'idée de me perdre. Peut-être était-il sûr que jamais je ne serais capable de le quitter pour de bon. Il est probable qu'il avait raison.

Pendant ce temps, avec Silvestro la cohabitation était courtoise, rien de plus. J'aurais sans doute pu aller à l'hôtel, mais il y avait encore ici des choses à moi que je devais ranger. Et puis je n'avais pas la force de m'ajouter des problèmes. Tout compte fait, je devais juste rester quelques jours.

Cette fois-là, avec Camilla je me suis aperçu qu'au fond j'étais quelqu'un de bien. À ma place d'autres l'auraient virée de la maison ; moi, je la traitais en amie. Si je n'avais pas été apaisé, que j'avais encore éprouvé quelque chose pour elle, ça aurait probablement été différent.

Mais, après mon retour de Moscou, j'avais compris que je m'étais laissé prendre à mon rêve romantique, et que pour elle, la vraie Camilla, je ne ressentais rien de particulier. Du moins rien de plus que ce que j'avais éprouvé et que j'éprouvais pour d'autres filles.

***

Le premier appartement intéressant pour Silvestro c'est moi qui l'ai déniché. J'ai appelé l'agent immobilier qui m'avait loué la maison et il m'a proposé un « studio très élégant, pour connaisseurs, dans un environnement de standing ».

On était encore en train de vanter la commodité du quartier et l'élégance de la cour, quand l'agent nous a dirigés vers un rideau de fer. En fait il a indiqué une « porte », mais on avait beau la regarder sous tous les angles, ça restait un rideau de fer.

C'était un studio, rien à redire à ce sujet. Seulement il n'avait pas été conçu à l'origine pour être habité, ça devait servir de remise à barques. Il n'y avait pas de fenêtres, juste une lucarne en briques de verre. Poussés dans les coins, un cadre de lit et une cuisinière.

L'agent immobilier, un gars à peine plus âgé que nous, au fort accent vénitien, avec une cravate au nœud énorme, tournicotait sur lui-même comme pour multiplier les espaces de ce caveau. Il a même fini par nous présenter le débarras comme une chambre pour un éventuel enfant.

« Très petit, l'enfant », a commenté Silvestro, et ça m'a fait rire. Mais je mourais de honte. On aurait dit que j'avais fait exprès de lui trouver un trou à rats.

Heureusement Silvestro a le sens de l'humour. Quand on est sortis de là, il m'a fait remarquer que, pour la première fois depuis mon retour à Venise, j'avais ri.

Il pleuvait à l'intérieur et le loyer était de six cents euros. On a pris un chocolat chaud et on est rentrés à la maison.

***

J'ai aussi demandé à Simone s'il y avait de la place dans mon ancienne maison, mais le seul couchage libre était dans le grand lit, à la place d'Elena : à ce compte, mieux valait le canapé humide.

J'allais toujours très mal mais à présent j'arrivais, au moins par moments, à penser à autre chose. Silvestro m'avait convaincue d'aller à la fac pour déposer mon mémoire de maîtrise : la soutenance était dans à peine plus de deux semaines, je n'avais plus qu'à faire relier le tout.

Pendant tout ce temps, aucune nouvelle de Fiodor.

Ce soir-là, je l'ai amenée au Jardin botanique. On s'est baladés au milieu des bambous et, pour la première fois de ma vie je crois, j'ai consolé quelqu'un.

J'ai parlé pendant au moins une heure ; jamais je ne me serais attendue à une telle attention de sa part. Tandis qu'il me faisait visiter son Jardin botanique, je lui ai raconté comment ma relation avait commencé avec Fiodor, et puis comment, les mois passant, cet amour dont je croyais qu'il ne pouvait que grandir s'était mis au contraire à se dessécher.

J'écoutais avec un intérêt dont je ne me serais jamais cru capable. Étrangement, Camilla me faisait de la peine, mais je l'enviais aussi : moi, je n'avais jamais rien vécu de tel. Je n'avais jamais été mal de cette manière, et donc jamais heureux de cette manière.

C'est là, au milieu des bambous, que pour la première fois j'ai exprimé avec des mots l'idée qu'avec Fiodor ça n'allait plus justement parce que j'avais mûri, et non parce qu'il y avait entre nous une trop grande différence d'âge.

J'étais convaincu que le problème entre eux était son âge, mais Camilla disait que non, qu'au contraire tant qu'elle restait gamine tout allait bien, et ça ne servait à rien de la contredire.

Elle parlait de plus en plus vite et à un moment, tandis qu'elle me racontait quand Fiodor et elle avaient commencé à se disputer pour un oui ou un non, j'ai vu qu'elle était à deux doigts de pleurer. Alors, pris de panique, je lui ai demandé des nouvelles du chat.

Il m'avait demandé des nouvelles du chat. Où il était, comment il allait. Je ne savais pas comment le prendre. J'avais envie de pleurer et de rire en même temps.

« Le chat... Je l'ai laissé à Nikita. »

« Ni... qui ? »

Après tout le mal que je m'étais donné pour faire passer la douane à ce chat ?!?

Je l'ai emmenée dans la serre parce que dehors il commençait à faire vraiment froid, et puis je ne savais plus quoi lui dire.

Je ne m'étais jamais trouvée dans une serre la nuit. Silvestro a allumé la radio et m'a préparé une tasse de thé. C'était vraiment gentil. Je m'y serais attendue de la part de quelqu'un comme Simone, qui avait toujours été protecteur, avec moi comme avec tout le monde, mais pas de lui.

Autour de nous, il y avait des dizaines de terrariums pleins d'escargots.

J'avais accepté de travailler avec Ermanno à condition d'avoir carte blanche sur le projet que réaliseraient les enfants, et j'avais décidé qu'ils feraient de petits élevages d'escargots. Ce n'était pas tout à fait du ressort d'un jardin botanique, mais le directeur, qui avait été aussi mon directeur de maîtrise, m'avait donné son autorisation.

« Ça ne te dégoûte pas ? »

« Pas du tout, je les ai toujours trouvés sympathiques. »

« Si tu veux, je t'en fais cadeau. Ce n'est pas comme un chat, mais ça fait quand même une compagnie ; ils sont nombreux. Et puis ils se reproduisent. »

*Voilà comment je suis entrée en possession d'un terrarium, c'est-à-dire d'une caissette à fruits peinte en bleu, remplie d'une trentaine d'*Helix Aspersa.

***

Le dimanche nous sommes allés au marché au poisson du Rialto, nous avons acheté une seiche et préparé des pâtes pour le déjeuner. Puis il s'est mis à pleuvoir et Silvestro m'a incitée à me laver les cheveux avec un œuf. Notre pacte était que pendant qu'il étalait l'œuf sur ma tête je répétais mon oral pour la soutenance du mémoire. C'était dégoûtant et à la fois très drôle.

J'allais mieux, mais à la moindre chose qui me faisait penser à Fiodor, je sentais un pincement au cœur que j'essayais d'ignorer.

Je continuais à visiter des appartements, mais la plupart du temps ils étaient très chers, ou très moches, ou peu commodes. Parfois Camilla m'accompagnait, parfois elle y allait même à ma place.

Si nous avions eu mon canot, faire ces visites aurait été beaucoup plus rapide. Mais voilà désormais un an que je l'avais perdu. Je ne sais pas trop comment, il me semblait peu probable qu'on me l'ait volé. C'était déjà une épave à l'origine, alors après l'accident…

Parti à la dérive parce que je l'avais mal attaché ? Ou peut-être qu'un jour je l'avais amarré je ne sais où et oublié là, où il devait être encore ? Tandis qu'on se promenait sur les Fondamenta della Misericordia, Camilla m'a proposé d'aller faire un tour à la fourrière.

***

Comme on était dans le coin, on y a fait un saut.

La fourrière était un minuscule atoll dans la lagune, sans arbres ni constructions, entouré d'une plage noirâtre : un petit terrain vague sur lequel étaient comme jetés des bateaux-ambulances, des gondoles et même un vieux vaporetto.

Je n'avais pas grand espoir de le retrouver.

J'aimais bien me promener avec Silvestro, entre autres parce qu'il disait un tas de trucs stupides et involontairement poétiques comme :

« Non, tu vois ce que je veux dire quand il ne fait pas encore nuit, mais que le ciel n'est plus genre rougeâtre, mais déjà bien bleu ; pas bleu éteint, bleu marine… Bref, cette heure-ci. Elle me plaît vraiment. »

« Le soir. »

« Le soir… C'est ça, le soir ? »

« Ben, oui. »

« Voilà ce que c'était. J'ai découvert le soir. »

Il regardait alentour, je ne sais pas s'il avait un peu honte ou s'il était vraiment content d'avoir appris quelque chose.

« Et alors, le crépuscule ? »

« Le crépuscule vient après. Juste avant la nuit. Enfin, je crois. »

« Quel nom absurde. »

« Oh, ça doit venir du latin… "petite crêpe"… ? »
On avait fait le tour de la fourrière et le soir commençait à devenir nuit, quand, esquivant la garde d'un gros chien enchaîné, on s'est introduits dans une sorte de hangar en tôle.

Il faisait sombre dans le dépôt, on risquait de se cogner contre quelque hélice abandonnée en plein milieu. Ou de se faire tabasser par un vieux marin tatoué. Mais Camilla avait pris goût à cette recherche et elle avait disparu derrière une quille bicolore.

« C'est celui-là ? »

Je l'ai rejointe en courant et je l'ai trouvée qui me regardait toute contente, posant à côté de son trophée.

Les ronces s'étaient emparées d'un coin de cette construction instable et là, le nez planté dans les mauvaises herbes comme l'obus dans l'œil de la lune, sommeillait, sale et morne depuis Dieu sait quand, le Canot Jaune.

Après une interminable discussion avec le responsable de la fourrière et une série de manœuvres, on s'est lancés à travers la lagune désormais noire.

Je ne sais pas pourquoi mais aujourd'hui, dans mon souvenir, c'est l'un des moments les plus romantiques de ma vie.

Le canot naviguait encore à merveille.

***

À partir de ce jour, on s'est déplacés uniquement en canot, même si la saison n'était pas propice. Plus d'une fois on s'est retrouvés trempés comme des soupes. J'étais heureuse de cette situation ambiguë. Je n'avais aucune envie de m'éclaircir les idées ; notamment parce que penser à Silvestro en certains termes m'aurait obligée à repenser à Fiodor, ce que je voulais éviter.

Quand elle sortait de la bibliothèque, Camilla passait souvent me récupérer au Jardin botanique ; ou bien c'est moi qui la rejoignais et on rentrait à la maison en canot. Ces deux semaines ont peut-être été les plus heureuses de ma vie. Je l'ignorais alors, mais de toute façon je ne souhaitais pas clarifier avec elle, ni avec moi-même, la direction que nous prenions.

J'avais arrêté de sortir avec d'autres filles parce que je m'apercevais que j'aimais mieux passer la soirée avec Camilla, et donc à la dernière minute j'annulais mes rendez-vous.

Un samedi, je l'ai réveillé de bonne heure et je l'ai emmené au cimetière juif du Lido, puis à vélo jusqu'à Pellestrina. Il n'en pouvait plus mais, avec la promesse d'une friture de poisson dans un endroit que je connaissais, je l'ai convaincu de continuer sur cette route si étroite qui semblait ne jamais finir.

Ensuite nous avons fait une promenade digestive sur la plage et je lui ai raconté toutes les blagues que je connaissais.

Ses blagues étaient minables, mais l'énergie qu'il mettait à les raconter, essayant d'imiter différents accents, inventant d'inutiles sous-intrigues et tentant de me convaincre qu'elles avaient un sens profond, me faisait rire.

Le soir elle m'a emmené au théâtre voir un spectacle hyper triste, *La Ménagerie de verre*, mais, bien que fatigué, je ne me suis pas endormi.

Ce dimanche, en revanche, on l'a passé à jouer aux échecs. J'ai gagné les deux premières parties. Les trois autres, c'est Silvestro qui l'a emporté, l'enfoiré.

À compter de ce jour, je prenais avec moi à chaque fois un échiquier magnétique et quand on était fatigués de marcher dans des ruelles de Venise dont on ignorait même l'existence, on s'arrêtait dans un *bacaro* pour jouer. Elle était bonne aux échecs, Camilla. Originale et concentrée.

Tout bien considéré, on avait des activités très semblables à celles que, des années auparavant, je partageais avec Francesco. Mais avec Francesco, j'avais constamment l'impression que, bien qu'agréables, les journées n'étaient pas abouties. En revanche avec Silvestro, cette sensation, je ne l'avais jamais.

On parlait en continu. Camilla, que je m'étais imaginée taciturne, était en fait capable de discuter des heures sans interruption de n'importe quel sujet. Politique, cinéma, théorie de l'évolution, philosophie, échecs, musique, et de foot aussi.

Jamais auparavant il ne m'était arrivé de parler avec quelqu'un sans me sentir jugée ni devoir prendre garde à ce que je disais. Et puis j'aimais bien l'écouter, découvrir comment nidifient les hérons ou comment on fait une bouture.

***

La cohabitation dans la petite maison se déroulait sans problème. On avait des horaires différents et on ne risquait pas de se chamailler pour la salle de bains. On faisait la cuisine chacun notre tour, parfois on regardait un film ensemble et presque chaque jour on allait lui chercher un logement.

Maintenant il y avait un radiateur dans la véranda mais le canapé me semblait désormais chaque nuit un peu plus inconfortable.

***

J'étais contente de revoir Ermanno, Simone, Niccolò et tous les autres. On est allés plus d'une fois boire un spritz et un soir ils sont même venus dîner. Ermanno cherchait à convaincre Silvestro de s'associer avec lui pour travailler avec les enfants. Simone, qui venait de commencer sa spécialisation, se moquait de Silvestro en lui diagnostiquant des pathologies mentales inédites qui le rendaient inapte à s'occuper de mineurs.

Un enfant avait mangé un escargot. Vivant. Il affirmait, le traître, que je lui avais dit qu'on pouvait aussi les gober crus, et que chez lui on les mangeait comme ça parce que sa mère était française. Sans doute que je me suis un peu énervé et j'ai coupé court en lui répondant : « Si tu veux le manger, mange-le ! » Il se l'est fourré dans la bouche, l'a mastiqué avec la coquille et l'a avalé.

Vu qu'ingurgiter un escargot cru, c'est dangereux, j'ai eu un tas d'ennuis.

Mais, à part cette mésaventure, être avec des gamins m'amusait beaucoup. J'avais décidé d'accepter l'offre d'Ermanno et d'en faire mon véritable métier.

Dans la journée, je bénéficiais de beaucoup de temps libre. Je revoyais mon mémoire, je me promenais et je lisais. J'étais aussi retournée deux ou trois fois au pays, voir papa.

Il ne me restait plus qu'à aller chercher les exemplaires reliés de mon mémoire et, vu que Silvestro devait rencontrer la mère d'un gamin, qui depuis deux jours l'insultait au téléphone pour cette histoire d'escargot, je suis allée voir un appartement pour lui.

Cet après-midi-là, j'avais une autre classe. Comme il ne faisait pas froid, nous nous sommes tous installés dehors pour peindre les petites maisons des escargots. J'aimais bien travailler avec les enfants, même si je ne l'avais pas encore avoué à Ermanno, pour ne pas lui donner ce plaisir. Je voulais qu'il dise d'abord à Simone à quel point j'étais doué. C'était une broutille, mais je tenais à m'offrir une petite revanche sur Simone, qui se moquait toujours de moi.

Un vieux monsieur m'a ouvert, avec de grosses moustaches à la Napoléon III et un fort accent vénitien ; je lui ai tout de suite été sympathique. On a bavardé et il m'a offert le thé. Quand je lui ai expliqué que l'appartement n'était pas pour moi, il l'a pris un peu mal.

L'appartement était très agréable, lumineux et avec du charme. En plus, pour une raison que j'ignorais, ce monsieur le louait pour vraiment pas cher.

Elle est venue me faire la surprise au Jardin botanique, alors j'ai abandonné le pauvre Ermanno avec les petites pestes et on est allés boire un coup. Camilla avait récupéré les exemplaires reliés de son mémoire, épais, avec une couverture dans une couleur horrible, jaune tendant vers le gris, et dans une matière bizarrement peluchée.

En marchant dans Cannaregio, je me suis souvenu de l'appartement.

« Et la visite, au fait ? »

« La visite ? Ah, oui. Le caveau humide habituel. Et très cher. »

Je n'avais pas prévu de lui mentir. Certes, j'étais un peu triste en sortant de l'appartement de Napoléon III, mais il était évident que j'allais lui en parler. Je m'étais même dit que ce ne serait pas un problème qu'il déménage, on pourrait toujours se voir.

Peut-être que si la journée avait été moins chaude, ou que je ne l'avais pas trouvé particulièrement « Silvestro » avec les enfants, et que lui n'avait pas été si heureux de me voir au point de laisser tomber Ermanno pour m'accompagner, alors sans doute que je lui aurais dit la vérité, que c'était un bel appartement et pas cher. Au lieu de ça, j'ai menti.

« Alors on achète un canapé neuf. L'autre a un ressort qui vient se planter entre mes côtes, là… »

Et il m'a chatouillée.

***

Comme tout le monde je crois, je n'aime pas être réveillé avant l'aube, surtout pour rien.

J'étais nerveuse, je m'étais levée très tôt et je n'avais pas envie de rester à la maison, à attendre, avec lui qui ronflait dans l'autre pièce. Et puis j'aime voir l'aurore et arriver en avance. Du coup, je l'ai réveillé et je l'ai entraîné dans son canot.

Sans prendre le petit-déjeuner, je l'ai conduite à Venise, près de l'université, et elle m'a obligé à entendre pour la centième fois l'assommant résumé de son mémoire. Je n'avais pas le droit de poser de questions. Je n'en avais d'ailleurs pas particulièrement envie, ensommeillé comme je l'étais. Je me tenais recroquevillé sur le puits au milieu du Campo San Giacomo dell'Orio, désert et tout sale de confettis et autres cotillons du carnaval de la veille. Cette place me plaît beaucoup, et bien des fois avec Camilla on s'y était arrêtés pour bavarder. Selon l'endroit où tapait le soleil, on se mettait d'un côté ou de l'autre du campo parce qu'en plein milieu l'abside de l'église offre de l'ombre. Le puits, au centre, est l'unique point d'où l'on voit toute la place. C'est à ça que je pensais, au lieu d'écouter Camilla, qui parlait pour la énième fois de son majordome Firs.

«… personnage que l'on pourrait presque définir comme un alter ego de Tchekhov… »

Il ne suivait pas. Peut-être même qu'il sommeillait les yeux ouverts.

«… un alter ego de Tchekhov, disais-je, parce que lui aussi aimait bien baiser des marsupiaux, surtout des koalas ; par derrière les koalas.

Oh ! Tu m'écoutes ? Sinon ça ne sert à rien. Qu'est-ce que je viens de dire ? »

« Par derrière… »

Il a sauté en bas du puits et m'a prise par le bras.

« Stop, je t'en supplie. Tu es bravissime ! Allez, on va prendre le petit déj. »

***

Silvestro m'avait dit que, pour lui, la soutenance de son mémoire avait été un grand moment d'émotion, parce qu'il parlait, parlait, et que les autres étaient obligés de rester assis à l'écouter. Pour moi, au contraire, ça n'a été qu'une mise en scène. Parce qu'en réalité, dans ce genre d'exercice, tu n'as rien à soutenir.

Elle s'en sortait bien ; quand elle s'est bloquée un instant j'ai pris peur, alors que son père, lui, est resté impassible, même s'il était clairement nerveux lui aussi.

La soutenance n'en a pas moins été solennelle. Je sentais qu'elle allait entraîner du changement dans ma vie, ce que je n'aurais jamais cru. Je me suis sentie d'un coup plus mûre. Comme avec les anniversaires, qui ne comptent pour rien mais à la fin comptent quand même.

Ils étaient tous venus, y compris papa, bien sûr, mais aussitôt la soutenance terminée ils ont trouvé une excuse pour s'esquiver et m'ont laissée de nouveau seule avec Silvestro. Ils paraissaient manigancer un truc.

***

Le canot filait sur la lagune et on devait hurler pour s'entendre. J'étais de très bonne humeur, comme ça ne m'arrivait plus depuis longtemps, sans idées bizarres. Silvestro m'avait demandé si je voulais conduire.

J'avais suffisamment confiance en elle pour lui faire piloter le canot.

J'allais prendre la barre quand mon portable a sonné.

Elle a dit : « C'est sûrement mon père qui a raté son train. » Mais elle a cessé de rire et son expression a changé. J'ai ralenti pour qu'elle entende mieux, et un peu pour entendre moi aussi. Elle est allée à la proue.

Elle avait de nouveau ce ton sérieux et triste que je ne lui avais entendu qu'à Moscou, et répondait avec des mots brefs. En russe. Et puis finalement elle a raccroché. Près de nous est passée une barque pleine de joyeux touristes déguisés.

« Qu'est-ce qu'il dit ? »

« Il me félicite pour ma maîtrise. »

On est restés un instant sans parler. Puis j'ai pensé que Fiodor l'avait juste félicitée.

« Alors, tu pilotes ? »

« Non, fais-le s'il te plaît. »

« Des problèmes ? »

« Aucun. Écoute, il faudrait que je descende. »

« Maintenant ? »

« Il faut que je lui parle. Excuse-moi. »

« Mais il est ici ?! »

« Oui. »

« Mais tu me retrouves après à la maison ? »

« Hein ? Oui, oui… »

J'ai accosté et l'ai fait descendre.

Mais qu'est-ce qu'il voulait, Papirusse ? Et pourquoi elle y allait, en courant, comme derrière le joueur de flûte de Hamelin ? Et, surtout, pourquoi ça me perturbait à ce point ?

J'ai amarré et, les nerfs en pelote, je suis allé vers la maison. Je ne pensais plus à la fête que j'avais organisée, alors quand ils ont tous jailli j'ai fait un bond et j'ai hurlé. De peur d'abord et de colère ensuite. Ils ont mis un bon bout de temps avant d'arrêter de brailler : « D*ottore, dottore, dottore del buso del cul…* », « Elle l'a soutenue, sa maîtrise de mes deux… », surtout ceux qui s'étaient planqués tout au fond, dans la chambre à coucher. J'ai traversé la petite foule des copains déguisés et j'ai dit : « La star de la soirée arrivera plus tard » et je suis allé me changer à mon tour. Je me faisais peine et me sentais plus que nul.

Fiodor m'attendait dans le hall d'un hôtel de Riva degli Schiavoni. J'avais encore mon mémoire à la main. J'étais à la fois triste et euphorique ; je ne comprenais pas ce que je devais éprouver, ce qu'il était normal d'éprouver à ce moment-là et quel sentiment je devais suivre.

Tout le monde était déguisé, comme je l'avais recommandé pendant des jours. Moi, j'avais mis mon costume d'arbre.

J'étais sûr qu'elle allait revenir presque tout de suite. Des gens arrivaient encore, beaucoup que je n'avais jamais vus, et tous me demandaient où était Camilla. Simone, glissé dans un Rubik's Cube, papotait avec des Américaines. J'avais envie de chialer. J'aurais voulu l'appeler, moi aussi j'avais un portable maintenant, mais ça aurait été évidemment une erreur.

L'hôtel était un peu triste ; sans doute le premier qu'il avait trouvé. Ça ne faisait pas longtemps qu'on ne se voyait plus, mais ça me paraissait des mois. Peut-être parce qu'avant j'étais habituée à le voir tous les jours, ou parce que maintenant j'étais habituée à voir tous les jours quelqu'un d'autre.

Dans le hall il y avait une musique d'avion, celle qu'ils mettent juste après l'atterrissage, et des bibelots moches de Murano dans les vitrines. Il était là, debout, dans le petit salon de cuir vert. Je l'ai trouvé un peu grossi.

Je suis allée vers lui et, vu que nous ne savions pas bien comment nous embrasser, on a complètement cafouillé.

La fête battait son plein, il y avait tout un tas de gens éparpillés dans et devant la maison, qui dansaient et bavardaient. On avait sorti le canapé et les chaises, d'autres invités continuaient d'arriver, de plus en plus soûls. Il y avait des torches et des lampions chinois suspendus entre la gouttière et les arbustes.

J'essayais de faire mine de rien mais je pense qu'au moins Simone et Ermanno avaient tout compris et j'avais honte. De temps en temps quelqu'un me demandait où était Camilla, et moi, vague, je répondais qu'elle n'allait pas tarder.

Dehors, la nuit était tombée et on s'était assis dans le hall, dans les profonds fauteuils de cuir vert. Fiodor lisait à haute voix des passages de mon mémoire, il savait que ça me faisait rire quand il s'essayait à parler italien. Mais je ne comprenais pas ce qu'il était venu faire, surtout je ne savais pas ce que moi je voulais. Et donc je riais, mais avec retenue.

« J'aurais voulu venir à ta soutenance, mais je craignais de… »

« Non, tu as bien fait. Si tu étais venu je me serais crispée. »

« Même s'ils t'avaient recalée et si tu avais fait un bras d'honneur au jury, j'aurais été fier de toi. Enfin, je suis fier de toi comme ça aussi mais… »

On s'est regardés, puis il m'a demandé si je voulais faire un tour.

C'était bizarre de parler russe à nouveau.

L'une des Américaines qu'Ermanno avait ramassée à Venise « pour ce pauvre Simone » était venue s'asseoir près de moi ; elle semblait ivre, dans son costume XVIIIe siècle, sans que je sache trop à quel point elle l'était vraiment. En tout cas elle était mignonne la Marie-Antoinette du

Missouri, et peut-être moins stupide qu'il n'y paraissait ; mon anglais ne me permettait pas d'en juger. Quoi qu'il en soit, elle me tapait fortement sur le système.

Énorme et blanche, se dressait devant nous l'église de la Salute. À cette heure, malgré le carnaval, la Riva degli Schiavoni était déserte. Je ne savais pas comment allait se terminer cette soirée, mais je ne voulais rien forcer. J'étais trop accoutumée à l'idée d'être heureuse de le revoir pour ne pas vouloir prolonger ce moment avec lui.

« Et tu habites où ? Toujours là où tu étais avant ? »

« Oui, toujours là-bas. »

« Tu m'y emmènes ? »

« J'aime mieux pas. C'est loin. »

« Comme tu veux. »

Puis il a ajouté, avec sa douceur habituelle, dans son italien :

« Une tournée en gondole ? »

« Fiodor… »

« Bon. Pas gondole. »

Il était toujours beau. Un peu grossi, mais beau, fort : il me faisait me sentir toute petite.

***

Je ramassais des bouteilles vides dans toute la maison. Dehors, il ne restait que des gens que je ne connaissais pas, la musique était affreuse et dans la cuisine tournaillait Marie-Antoinette, ouvrant le frigo, les tiroirs et farfouillant sur toutes les étagères. Je voulais juste aller me coucher et cesser d'attendre Camilla, qui de toute façon ne viendrait plus. L'Américaine s'y mettait aussi et devenait de plus en plus casse-pieds.

« *I'm hungry* », qu'elle répétait.

« Je crois bien qu'il n'y a plus rien. »

« *Can't we just order a pizza ?* »

« *No.* »

« *You're telling me we're in Italy and we can't get a fucking pizza ? There's no sort of "lagoon pizza hut" ? "a speedy-gondoli" or whatever ?* »

« *No.* »

« Regardez ! »

« Quoi ? »

« *Snails ! How do you say snails ?* »

« Escargots. »

« *Isn't it true that they are a sort of... homosexual ? Transgender ?* »

« *They are hermaphrodite.* »

« *They are what ?* »

« *He fucks her while she fucks him*, tous les deux ils ont la... petite chose, et tous les deux ils ont le petit truc... le zizi. »

Fiodor tenait à s'asseoir à l'un de ces cafés pour touristes de la place Saint-Marc où je n'étais jamais allée, ni n'avais jamais eu envie d'aller. Heureusement à cette heure-là ils étaient fermés. (« À Moscou il y a plein d'endroits ouverts toute la nuit. Comme à New York », répétait Fiodor à tous les étrangers qui débarquaient à Moscou.) Probablement il l'avait dit aussi à Silvestro quand il était venu, disons, me rendre visite.

Mais ces cafés de Saint-Marc laissent leurs chaises dehors toute la nuit, attachées avec des chaînettes, peut-être parce qu'il n'y a pas assez de place à l'intérieur, et donc on s'est assis là, même si l'eau montait et allait bientôt nous mouiller les pieds.

***

« *They are all* morts, *poor little creatures…* »

« *They are sleeping. Lethargy.* »

L'Américaine était de plus en plus pressante. Elle se mettait devant moi, m'empêchant de ranger la cuisine et me collant sur les bras la caissette avec les escargots de Camilla.

« *You can cook !* »

« Mais quoi donc ? »

« Escargots ! »

« Ça va, laisse tomber. »

« *You said* escargots *are aphrodisiacs.* »

« Mais c'est pas vrai ! »

« *You said* escargots *are sort of perverse, didn't you ?* »

« Je n'ai pas dit “pervers”. J'ai dit hermaphrodites. Quoi qu'il en soit, ils ne sont pas à moi, on ne peut pas. »

« Je te prie, Silvestri… »

***

Nous étions au centre de la place déserte, assis l'un en face de l'autre à l'une de ces glaciales petites tables d'aluminium. Fiodor me regardait dans les yeux.

« Je suis arrivé à l'âge que j'ai et je n'ai encore rien appris. »

« Ça fait bizarre, dit par toi. »

« Eh bien tu m'as manqué. Comme jamais personne ne m'a manqué. Et tu as manqué aussi à Nikita. Mais, excuse-moi, c'est un argument que je ne dois pas utiliser, mais tu as vraiment manqué à mon fils et… »

« Quoi ? »

« Pourquoi tu ne reviens pas à Moscou ? Qu'est-ce que tu restes faire ici ? Reviens vivre avec moi. »

« Pourquoi il fallait que tu dises ça ? On était bien jusque-là, non ? »

« D'accord. Disons que je n'ai rien dit. »

Il est resté silencieux, puis, de plus en plus agressif, il m'a demandé : « Tu as quelqu'un ? »

« Mais qu'est-ce que tu racontes… »

« Tu perds ton russe, tu sais ? Qu'est ce qui n'allait pas entre nous ? Hein ? »

« Tu le sais. »

« Que je te dise ce que tu dois faire, ce genre de conneries ? Je suis oppressant maintenant que je suis ici et que je te dis "pars avec moi" ? Ou bien c'est toi qui joues encore les gamines ? »

Sa voix dure retentissait à travers toute la place et j'ai attendu que l'écho s'éteigne complètement pour parler à mon tour.

« C'est que moi… je crois que je ne suis plus amoureuse de toi. »

Fiodor est resté un moment à me regarder moi et à regarder ailleurs. Puis il s'est levé et il est parti. Je suis restée assise à écouter le bruit de ses pas, de plus en plus lointains.

***

J'ai marché au hasard jusqu'à l'aube. Puis j'ai pris le premier vaporetto du matin. Il n'y avait que le receveur et moi ; le Grand Canal était calme comme jamais je ne l'avais vu.

Je suis revenue à la maison, effondrée mais convaincue de ce que j'avais dit à Fiodor. J'ai traversé le jardin plein de bouteilles, de confettis et de mégots, et je me suis rappelé que la veille au soir j'avais dit à Silvestro que j'allais rentrer.

Il était dans la cuisine, en caleçon et T-shirt, il faisait le café. Il ne m'a même pas regardée.

« Qu'est-ce qu'il s'est passé ici ? »

« Ta fête surprise. »

Je commençais à me sentir vraiment coupable quand j'ai mis le pied sur quelque chose qui s'est émietté et j'ai vu mon élevage d'escargots, celui que Silvestro m'avait si gentiment offert, jeté par terre, cassé et vide. Ça m'a fait de la peine, mais d'une certaine façon je me sentais responsable. Quelqu'un l'avait probablement fait tomber au cours de la fête. Je continuais donc à regarder, tout attendrie, ce garçon aux cheveux ébouriffés qui ne trouvait pas le café. Je l'ai questionné au sujet des escargots.

« Je les ai mangés. »

« Allez, ils sont passés où ? »

« J'étais un peu bourré. Excuse-moi. Je t'en donnerai d'autres. »

« Mais il ne faut pas les faire dégorger ? »

« Quand ils hibernent, c'est pas nécessaire. »

À ce moment-là j'ai entendu, derrière mon dos : « Hi ». *Par la porte de ma chambre venait de sortir, tout en laçant son ridicule corset, une fille à l'air déluré. Silvestro n'a rien fait ni rien dit. Il est allé dans la véranda et, jambes croisées sur le canapé, s'est mis à tremper un biscuit dans du lait froid.*

« J'y crois pas ! »

« Quoi ? »

« Tu t'es envoyé une fille dans mon lit ? C'est dégueulasse ! »

« Je te changerai les draps. »

Entre-temps, je m'étais mise à lui faire le café. Il était assis sur le canapé tandis que je regardais avec embarras Marie-Antoinette la Naine.

« Coffee ? »

« Et avec Fiodor ? Comment ça s'est passé ? »

« Impeccable, merci. J'y crois pas… »

Il s'est lancé sur moi comme s'il voulait me frapper.

« Mais à quoi ? Hein ? À quoi tu crois pas ? »

« Que tu aies bouffé les escargots. Mais bordel qui t'a autorisé à manger les escargots ? C'étaient les miens, non ? »

« Oui, oui, tu as raison. »

« Me parle pas comme aux débiles. T'as fait une connerie. Excuse-toi ! »

« Je me suis déjà excusé. »

« Mets plus de conviction ! »

« Ok, je m'excuse avec conviction… »

« Mais va te faire mettre ! »

Elle a claqué la porte. L'Américaine, qui avait assisté à toute la scène en tenant à la main une tasse vide, a dit quelque chose comme « *I think I should go now* » et elle est partie ; je ne me souviens plus si je lui ai dit au revoir. Je n'ai pas été sympa avec elle, quand j'y pense je regrette un peu.

***

Je m'étais rassis sur le canapé. Je regardais dehors, depuis l'aube le ciel n'avait guère changé. Il y avait aussi beaucoup de vent. Je suis resté là une petite heure, peut-être moins, quand la porte de la chambre s'est ouverte. J'ai continué à regarder dehors y compris quand ses pas ont résonné, d'abord sur le sol de la cuisine, puis sur le plancher de la véranda. J'ai entendu qu'elle s'arrêtait, reprenait son souffle pour finalement dire d'une voix calme :

« En fait tu as raison. C'est moi qui suis bête. Tu n'y es pour rien. »

Elle me donnait raison. Alors je me suis retourné, tout en cherchant à garder un air satisfait.

« Mais maintenant tu t'en vas. »

« Pardon ? Et où ça ? »

« Je ne sais pas. Où tu veux. »

« Mais après je reviens ? »

J'étais en train de perdre : je ne savais plus quoi dire. Pendant tout ce temps où j'étais resté seul à regarder dehors je ne m'étais pas demandé comment cette histoire allait finir. Je tenais probablement pour sûr que les choses allaient suivre leur cours comme avant. Parce que si elle était là, et si elle s'était tellement mise en colère, alors c'est qu'elle avait au moins décidé de rester à Venise. Comme toujours dans ma vie, je pensais qu'on pouvait revenir en arrière, qu'il n'y avait rien d'irréversible ou d'impardonnable. Les événements contraires à mes désirs, je faisais simplement comme s'ils n'existaient pas.

« Bon, ben, je t'appelle. »

Je me suis levé. J'ai pris mon manteau et je l'ai regardée avec l'expression de celui qui veut dédramatiser. Mais elle avait les yeux tout rouges et ne souriait pas du tout. Elle s'appuyait au montant de la porte et un ballon de baudruche dégonflé pendouillait au-dessus de sa tête. Je le lui ai montré d'un geste comique mais elle s'est juste déplacée un peu de côté, sans changer d'expression. Puis, avec un sérieux que je ne lui connaissais pas, elle m'a dit :

« Si tu as quelque chose à me dire, dis-le maintenant. »

Je n'avais pas prévu de lui mettre le couteau sous la gorge. Après avoir prononcé ces mots, une partie de moi l'a regretté et a eu peur de le perdre pour toujours. Mais il était trop tard.

Il est resté un instant immobile à me regarder. Je n'ai pas baissé les yeux. Dehors le vent bousculait en tous sens le kaki. Je n'avais pas eu tort de dire adieu à Fiodor. À présent, j'en étais encore plus convaincue qu'avant.

Je ne savais pas précisément quoi répondre, rien ne me venait. Donc, à la fin j'ai détourné le regard et j'ai cherché à gagner du temps. Ce qui est sûr c'est que je n'étais plus en colère contre elle.

« Quoi, pour un truc comme ça ? »

« Oui, pour un truc comme ça. »

Qu'est-ce que je devais faire, ou dire ? À ce moment-là j'avais comme un vide.

« Va-t'en, s'il te plaît. »

Comme aux examens. Rien ne me venait.

« Tes affaires, viens les prendre quand je ne suis pas là. »

J'avais enfilé mon manteau, mais je restais là, abasourdi.

« S'il te plaît. »

Lentement, avec l'espoir qu'elle m'arrête, j'ai passé le seuil, je l'ai regardée une dernière fois et, lentement, j'ai refermé la porte. Je suis resté un moment, là, dehors, et puis je me suis mis à marcher dans cette journée venteuse et blanchâtre.

J'ai réussi à ne pas pleurer à ce moment-là et ça ne m'arriverait plus pendant longtemps.

SIXIÈME HIVER
Janvier 2005

On ne se voyait plus depuis presque un an et on n'allait plus se revoir avant longtemps. Entre autres parce que j'avais commencé à travailler en dehors de Venise, où Ermanno et moi avions pris un appartement.

Ce matin-là j'étais au Rialto, au marché aux poissons. Un déjeuner s'était improvisé avec des gens dont je venais de faire la connaissance et j'avais proposé de cuisiner. Je n'étais pas pressé et je flânais entre les étals où les clients se bousculaient, regardant à droite à gauche. C'est là que je l'ai vue.

Elle portait un manteau rouge que je ne connaissais pas et attendait devant les vendeurs situés de l'autre côté du marché. Elle ne m'avait certainement pas vu. Je me suis arrêté pour la regarder, des gens la cachaient par moments. Elle m'attendrissait, solitaire et empruntée qu'elle était, deux livres à la main, essayant de marchander avec les poissonniers.

Je pouvais aller la trouver. J'en avais même envie. Mais bon, qu'est-ce que j'allais lui dire ? On ne pouvait pas faire comme si de rien n'était.

Il m'avait vue, même si entre nous deux il y avait une foule de petits vieux et de marchands de poissons. Et il me regardait. Peut-être que j'étais restée trop longtemps à examiner les rougets, on voyait bien que je cherchais une excuse pour ne pas me retourner, alors je suis allée vers les araignées de mer. Je ne crois pas qu'il s'était aperçu que je l'avais vu. J'attendais.

Je pouvais m'approcher. Ou bien faire le tour par-derrière, me mettre de dos devant elle et voir si elle venait.

Peut-être qu'il était parti ? Ou qu'au contraire il venait à ma rencontre pile à cet instant précis ? Mais si je me retournais, je ne saurais jamais s'il voulait venir ou pas. Le poissonnier m'a sortie de mes pensées : qu'est-ce que je voulais ? La question m'a semblé complexe. « Un rouget », j'ai improvisé. Et puis j'ai craqué.

Elle s'était retournée. Et, d'instinct, cette fois encore, j'avais fait volte-face. C'était moi maintenant qui lui tournais le dos, mais elle ne pouvait pas ne pas s'être aperçue que je l'avais fait exprès.

Il a fait semblant de ne pas me voir !

Alors j'ai payé les sardines et le poulpe, et je me suis enfui.

Ce n'est pas que je refusais d'avoir une liaison avec elle. Peut-être que je le voulais, mais plus tard, dans quelques mois, voire quelques années. On s'était quittés depuis trop peu de temps pour repartir à zéro dans un simple flirt, ce qui m'aurait bien plu. J'aurais voulu la rencontrer pour la première fois ce jour-là. Mais c'était impossible.

C'était prématuré, pour moi, de me lancer dans une histoire d'amour. Et avec Camilla, après cette cohabitation ensemble dans la petite maison, ça ne pouvait être que ça : la première phase d'un couple, pour ainsi dire, on l'avait déjà grillée.

Ceci dit, ce jour de ma vie au marché aux poissons n'est pas de ceux dont je suis le plus fier.

J'ai compris à cet instant que j'avais bien fait de ne pas retourner avec Fiodor, mais aussi que jamais Silvestro ne pourrait être une alternative. J'ai compris qu'au fond je l'avais attendu pendant un an et que j'avais eu tort.

SEPTIÈME HIVER
Février 2007

Liuba m'écrivait de temps en temps, m'envoyait des photos rigolotes d'elle avec un colback ou sur des patins à glace, et parfois on se parlait sur Skype.

Liuba était retournée en Russie depuis maintenant quelques années et on avait continué à se parler. Elle m'avait écrit qu'elle allait se marier, bien entendu avec un type qu'elle connaissait depuis trois mois, et elle m'invitait à ses noces dans un petit village non loin de Moscou.

J'imaginais bien qu'elle aussi était invitée, mais je ne pensais pas qu'elle viendrait. Je crois que moi je n'y serais pas allé (je n'ai jamais beaucoup aimé voyager) si ce n'avait été pour Clara.

Clara est la seule à avoir réussi à me convaincre de faire du sport et de manger de la polenta. On était ensemble depuis quelques mois, mais déjà on allait déjeuner un dimanche sur deux dans sa famille à la montagne où son père m'apprenait à boire et à parler le dialecte frioulan. Je m'amusais bien avec Clara, on faisait des parties de raquettes de plage et parfois des tournois de lutte.

J'aimais bien qu'elle fasse dix centimètres de plus que moi. C'était ma première grande petite amie et j'en étais fier.

Clara ne comprenait pas pourquoi on raterait l'occasion de se soûler dans la neige, de skier la nuit et de danser comme des fous sur des musiques russes. Ce week-end-là j'étais libre, alors on est partis.

Au check-in, on ne les a pas croisés parce qu'on est arrivés une heure avant eux. Mais dans l'avion, bien qu'éloignés, nous nous sommes vus et salués de la main.

Je l'avais appris par Ermanno quelque temps avant et ça ne m'avait pas dérangé. Je les voyais bien ensemble, Camilla et Simone.

Je vivais avec Simone depuis quelques mois. On était dans la petite maison, qu'il avait tout de suite repeinte et réorganisée avec sa rationalité habituelle, remplaçant ma crédence bancale par un vrai meuble, réparant enfin la fuite du toit qui rendait si humide la véranda, et achetant un frigo neuf.

Durant ces quelques mois avec lui, j'avais été extrêmement sereine. Simone était l'opposé de Fiodor et je sentais qu'il m'aimait vraiment. Il avait envie que je sois heureuse, il faisait tout pour que je me sente bien. Et puis – ça, je m'y serais moins attendue – j'aimais beaucoup faire l'amour avec lui. Par ailleurs, l'idée de revoir Silvestro ne me troublait pas particulièrement.

On s'était rencontrés deux ou trois fois dans Venise, quand il m'était arrivé d'y repasser, et ça m'avait fait plaisir ; y compris parce que j'avais perdu contact avec Simone, ce qui était dommage. En fin de compte, même si on était très différents, il avait été pour moi un véritable ami, quelqu'un qui me manquait quand il n'était pas là. On avait commencé à se voir de moins en moins, lui travaillait à l'hôpital du matin au soir, moi j'étais souvent en virée à travers la Vénétie avec Ermanno et des hordes de mouflets.

Clara, je l'avais connue à l'un de nos centres aérés, où parfois elle faisait l'animatrice. Puis elle avait décroché un contrat à mi-temps dans une étude d'avocats et avait disparu. Un beau jour où je ne savais pas quoi faire je l'avais appelée et on était allés manger une pizza.

Clara riait en permanence, mais pas parce qu'elle était frivole ou stupide. Chez elle, au contraire, ça me semblait un signe d'intelligence de s'efforcer d'être toujours heureuse.

Elle faisait de l'escrime et souvent je la suivais dans ses tournois ; ses parents m'adoraient et, chaque fois qu'on montait les voir, ils me gavaient de polenta.

Je n'étais plus revenue à Moscou depuis la fin de mon histoire avec Fiodor, et je n'y pensais plus, jusqu'à ce que repasse une horrible chanson russe à la radio. Trois ans que je ne l'avais plus entendue et elle m'avait rappelé les premières semaines de mon séjour là-bas, seule et transie de froid. C'était aussi la période de ma correspondance affectueuse avec Silvestro. Ce temps me semblait très lointain et, quand je repensais à « la moi » de ces jours-là, je me voyais en adolescente.

On était assis dans le taxi à six places qui nous conduisait à la villa, moi à côté de Clara, elle avec Simone. Dehors tout était blanc et, à part quelques camions, la route était vide. Un lac gelé et de gigantesques pylônes à droite, un bois de bouleaux à gauche. Clara s'amusait à je ne sais quoi.

***

Liuba a couru à notre rencontre, riant tout au long de l'allée qui reliait le parking à la datcha. Elle nous a présenté le futur mari et quelques personnes de la famille puis nous nous sommes engagés dans le bois. Elle semblait bien plus adulte que quand elle était avec moi.

J'étais venue dans les environs, à près de deux cents kilomètres de Moscou, une seule fois, pour une fête avec Fiodor. C'était un quartier de datchas élégantes (ou qui paraissaient telles à leurs propriétaires), un coin de riches. Le futur mari de Liuba devait avoir un paquet d'argent.

La datcha, moderne, était très accueillante et, surtout, isolée dans une immense étendue de bouleaux. Vu qu'il avait neigé peu auparavant, les branches des arbres étaient d'un blanc parfait comme rarement il m'avait été donné d'en voir. Simone me regardait de ses yeux qui m'avaient rendue amoureuse : sereins, forts, et remplis d'une profonde estime pour moi.

Jamais je n'aurais imaginé le tournant qu'allait prendre ma vie au cours de ces deux jours en Russie.

Le mariage était prévu dans l'après-midi du lendemain. Jusqu'à ce moment nous pouvions faire tout ce qui nous passait par la tête. Liuba avait mille choses à régler, elle nous a donc montré nos chambres et elle a disparu, courant et riant comme elle était arrivée. Seul Viktor est resté un moment avec nous.

Viktor était le frère de Liuba. Elle m'en avait souvent parlé mais je ne l'avais jamais vu. Il savait quelques mots d'anglais, mais pour discuter avec moi il préférait clairement le russe : le fait que je n'en comprenne pas un traître mot n'avait pas l'air de le déranger le moins du monde. Il était costaud et, même s'il ne devait pas avoir plus de trente ans, il avait l'air marqué par la vie. S'il n'avait pas eu cette expression de dément, il aurait même pu être bel homme.

Pour je ne sais quelle raison, Viktor m'avait pris en sympathie. Il avait complètement ignoré Camilla, Simone et Clara et, dès son arrivée, il m'avait emmené à l'écart pour me demander une chose qui, à l'évidence, devait avoir pour lui une certaine importance : il voulait que je l'informe sur les récentes péripéties sentimentales dans le couple de chanteurs Romina Power et Al Bano.

Pendant ce temps, les autres discutaient sur la suite de la soirée : Clara voulait aller au sauna et Simone proposait un tournoi de ping-pong.

Quand j'étais à Moscou, j'avais fréquenté quelque temps une banya près de chez moi. C'étaient les mois où je correspondais avec Silvestro.

La banya russe se compose d'une zone très chaude, où on peut se fouetter avec des branches mouillées de différents arbres, d'une zone d'eau froide, avec une ou plusieurs piscines, et d'un petit salon où l'on boit et mange. Pour moi, la banya était un endroit où souffrir et mettre à l'épreuve mes capacités physiques. Souvent, épuisée, je restais pour étudier et manger du saumon jusqu'à ce qu'on me mette dehors.

Ce sauna-là, très grand et un peu sale, était réservé aux femmes. On y était nues. Celui de Liuba était nettement plus petit, mais bien tenu et propre, et comme il était privé, hommes et femmes pouvaient y aller, couverts d'une serviette. Simone m'a convaincue qu'un peu de chaleur ne pouvait pas me faire de mal.

Avec Clara on n'avait tenu que quelques minutes – bien entendu elle voulait rester encore – et, sans être passés par l'étape eau glaciale, nous prenions le thé. Tout compte fait, j'aimais bien la Russie. Ces quelques heures de neige, sauna et saumon, avaient complètement effacé le mauvais souvenir que j'en avais.

Nous sommes entrés dans le petit salon où Clara a convaincu Simone de venir avec elle plonger dans la piscine d'eau froide. Silvestro et moi sommes restés boire du thé et parler de choses et d'autres. Nous étions simplement deux amis.

Nous avons entendu un plongeon puis les hurlements bestiaux de Clara et Simone. Nous en avons rigolé ensemble.

***

Le soir venu, nous formions un splendide couple de couples. Au dîner, on nous a servi des plats très bizarres, des soupes, des harengs et des viandes jamais goûtées auparavant, que Camilla nous décrivait et nous obligeait à déguster. Puis nous sommes passés au ping-pong et j'ai gagné toutes mes parties, tant en simple qu'en double, y compris contre le futur mari qui se croyait très fort.

C'était un vrai gamin, tout excité parce qu'il gagnait. Je ne l'avais jamais trouvé aussi sympathique. En parlant avec lui, je m'étais persuadée qu'il était devenu tout compte fait quelqu'un de bien et j'étais contente de recommencer à le fréquenter.

Le lendemain matin, nous sommes allés tous les quatre visiter un parc public où gisaient des dizaines de bustes de Marx, Lénine, Staline et de héros de la révolution russe, enlevés de leurs piédestaux à Moscou et abandonnés là au cours des années quatre-vingt-dix.

Clara et Simone donnaient l'impression de bien s'entendre. Ils se promenaient entre d'énormes statues une centaine de mètres devant nous.

Silvestro et moi, on blaguait, on se moquait de certains invités tout en flânant parmi les sculptures entassées autour de nous.

J'étais vraiment de bonne humeur, comme cela ne m'était pas arrivé depuis longtemps. Je ne savais pas pourquoi mais ça aussi ça me plaisait. J'avais la sensation d'être arrivé à l'âge parfait et de vouloir rester ce que j'étais devenu.

Je lui expliquais comment ces statues avaient atterri là quand il m'a interrompue, sans raison, comme s'il ne m'écoutait pas.

« Mais, maintenant, toi et moi, on est amis ? »

« Hein ? »

« On est amis nous deux ? »

« Tu veux qu'on soit amis ? »

« Ben… oui… »

« D'accord. »
Alors, satisfait, il a regardé alentour, jaugeant les différentes statues avant de m'en désigner une.

« Alors, mon amie, dis-moi : qui c'est celui-là ? »

« Anatoly Serviékine. »

« Je disais ça comme ça, je ne pensais pas que tu le saurais. »

« Eh bien si ! Tu as vu quelle amie cultivée tu as… »

« Oh, ne la ramène pas trop, sinon je ne suis plus ton ami. »

« Mais sérieusement, tu ne le connais pas ? »

« Allez, vas-y, qui c'est ? »

« Serviékine ! C'est le ministre de l'Agriculture, purgé pour avoir causé le plus grand massacre de vaches de l'histoire. En 1956. »

« Et comment tu le sais ? »

« Je ne le sais pas. Je viens de l'inventer. »

Elle m'amusait, j'aimais bien cette nouvelle Camilla, sereine, éveillée et brillante. J'étais presque jaloux de Simone.

« Je te trouve bien gaie. »

« Je suis *gaie »*

« Et pourquoi tu es si gaie ? »

« Parce que j'attends un enfant. »

« Allez, pourquoi tu es si gaie ? »

« Parce que j'attends un enfant. »

« T'as pas fini ? ! Alors ? »

« Alors quoi ? Je suis enceinte. »

« Tu le jures ? »

« Je le jure ! »

Cette nouvelle ne me perturbait pas. Je n'arrivais pas à imaginer que cette phrase puisse avoir de réelles conséquences, genre la naissance d'un gamin.

Pendant ce temps, Clara et Simone s'étaient éloignés, deux santons dans la neige.

« En effet il me semblait bien que tes seins… disons que tu es plus… dodue… »

« Mais où ça dodue ? »

Elle m'a balancé de la neige avec son pied.
« C'est chouette ! Et c'est pour quand ? »

« Fin août. »
Il regardait ses pieds en faisant le tour d'un petit Lénine.

« Et tu vas l'appeler Silvestro, bien sûr. »

« Même pas en rêve ! J'aime bien Costanza. »
D'un coup la conversation était comme devenue plus lasse. Silvestro continuait à tourner autour des statues, mais il avait un drôle d'air. Pas triste, ni en colère, mais un peu perdu.

Je commençais à sentir le froid.

« Qu'est-ce qu'il y a ? »

« Rien, ça me fait bizarre. »

« À moi aussi. Mais pourquoi ça te fait bizarre à toi ? »

« Parce que… Ben, parce que vous êtes… jeunes. Mais quel con, ce Simone, il ne me l'a même pas dit. »

« Tu ne l'appelles jamais… »

« C'est pas faux. »

« Allez, on va retrouver les autres. »

***

Dans le minibus, j'ai parlé un peu avec Clara qui me demandait combien de temps nous allions rester, Simone et moi. Elle voulait visiter Moscou avec Silvestro.

« Silvestro y est déjà venu. »

« Non non, c'est sa première fois ! » m'a répondu Clara avec une candeur qui m'a fait me sentir coupable.

« Ah, je croyais, pour Liuba. »

Je ne sais pas pourquoi j'ai menti, c'est venu tout seul. Ça me gênait que Silvestro ne lui ait rien raconté de son premier voyage à Moscou.

Même s'il avait probablement entendu notre conversation, Silvestro faisait mine de rien, mais il ne semblait pas écouter Simone qui lui parlait de je ne sais quoi.

Une étape symbolique était arrivée dans ma vie. Une porte qui ne s'était jamais vraiment ouverte, et dont probablement je ne désirais pas non plus qu'elle s'ouvre, s'était maintenant refermée pour toujours. Un enfant. Une partie de moi arrivait même à être contente pour Camilla. Mais j'avais tout à coup la sensation d'être un adolescent, alors qu'elle suivait son chemin et, d'année en année, était différente, plus adulte.

J'avais aussi pensé avoir un enfant, quelquefois. L'idée me plaisait, mais pas maintenant et probablement pas avec Clara. À moins que les choses deviennent profondes et sérieuses entre nous. Il paraît que cela arrive à des relations nées comme ça, sans attente.

***

Dans le mariage orthodoxe, du moins à ceux auxquels j'avais assisté, on reste dehors tandis que le pope célèbre la cérémonie. Curieuse habitude pour un pays où l'hiver la température descend jusqu'à moins trente.

Camilla était devant moi, au milieu de la petite foule. Elle était bien plus belle que quand je l'avais quittée deux ans plus tôt. Clara aussi était belle, mais bon, elle était belle et rien de plus.

Il y avait beaucoup de neige et nous, les invités, formions deux rangées silencieuses de part et d'autre de la porte. On n'entendait que le vent à travers les branchages enneigés et le son ouaté de la messe qui provenait de l'église. De temps en temps, derrière nous, un musicien effleurait par inadvertance la corde d'une balalaïka ou bien un des chevaux de la troïka, qui attendait les mariés, hennissait.

Avant que les musiciens se mettent à jouer, que les hôtes libèrent les colombes à la sortie des mariés, que Liuba et son mari montent sur la troïka et que les chevaux partent sur la route enneigée, une seconde avant tout cela, Simone a remarqué mon regard posé sur Camilla. Et il a sûrement compris quelque chose. Il est psychiatre, j'ai pensé, il faut bien que ça serve.

***

J'étais très heureuse que Liuba se marie, mais la réaction de Silvestro me tracassait. Je me sentais un peu bizarre ; j'étais persuadée que lui annoncer que j'étais enceinte ne m'aurait pas dérangée le moins du monde. Et sur le coup en effet ça ne m'avait pas causé de problème : je le lui avais dit comme je l'aurais fait avec n'importe quel ami. Maintenant je craignais de ne pas avoir été tout à fait honnête avec moi-même. Peut-être que le trouble de Silvestro m'avait touchée.

J'avais également découvert que Clara avait eu beaucoup de mal à le convaincre de venir à ce mariage, parce qu'« il déteste les voyages ». Mais, je me disais, il était venu pour moi à Moscou. Et sans doute que s'il avait résisté à Clara, c'était aussi parce qu'il avait peur de me rencontrer.

Après le mariage, on est revenus à la datcha pour le buffet et la fête. Je me suis rendu compte que, au fond, si la nouvelle de l'enfant m'avait bouleversé, maintenant j'en étais tout simplement heureux. Un peu abasourdi, mais heureux. Si bien que, quand on est arrivés, Simone et Clara, qui s'étaient coalisés pour ne pas cesser un instant de se moquer de moi à propos de tout et de n'importe quoi, étaient tout contents que j'aie repris mes esprits. J'ai fait un beau sourire, sincère, j'ai pris le bras de Clara et nous sommes entrés.

***

Le salon était dans la pénombre et encombré de tables basses surchargées de nourritures étranges où se cogner les jambes. Presque tout le monde dansait. Dans un coin, un vieux militaire couvert de médailles essayait de faire boire une dame rondelette. De l'autre côté des baies vitrées, sur un arrière-fond de bouleaux illuminés par des torches, une bataille de boules de neige opposait enfants et adultes. En déambulant dans le salon, j'ai croisé deux femmes portant exactement la même robe verte. Leurs maris tentaient de les calmer tandis qu'elles cherchaient à régler ce drame. Il y avait aussi deux ou trois très belles jeunes filles escortées par des hommes particulièrement laids.

Après l'avoir eu des heures dans les pattes, j'avais finalement réussi à me libérer de Viktor et à faire quelques pas vers la piste de danse. Une jeune fille blonde chantait accompagnée par un garçon boutonneux.

Camilla était là, au fond, appuyée contre la fenêtre. Belle, très belle avec ses cheveux bouclés et remontés, quelques mèches retombant comme au hasard sur son visage. Mais entre nous il y avait des enfants, des adultes, et aussi Liuba avec son mari, virevoltant en tous sens. Seuls elle et moi restions immobiles, et nous nous regardions au milieu de cette foule, un peu comme sur le vaporetto la première fois que nous nous étions vus.

Jusqu'à ce que la fille blonde entame un slow, très lent et déchirant. Liuba et son mari d'abord, puis tous les autres, se sont enlacés et se sont mis à osciller, les uns serrés, les autres tout en continuant à bavarder. Simone avait déjà fait signe à Camilla, mais elle n'avait pas bougé, alors il s'était mis à danser avec Clara. Je suis resté immobile, appuyé contre une colonne. Mais Viktor ne tolérait pas qu'on ne danse pas, aussi m'a-t-il entraîné de force à la recherche d'une autre personne sans partenaire, jusqu'à arriver devant Camilla.

On s'est presque tout de suite rapprochés, et c'était quelque chose de très tendre mais également – pour la première fois – d'érotique. On était l'un contre l'autre et il n'y avait plus moyen de relâcher cette étreinte sans paraître gauche. Mais je crois qu'aucun de nous deux ne l'aurait vraiment voulu.

Ce slow a été en tout point semblable aux slows les plus grisants de mon adolescence. L'embarras de s'enlacer m'a tout de suite rappelé la fête avec Fiammetta Semplici.

Quand on a commencé à danser, sans plus se regarder, on est restés muets. J'étais bien dans ses bras et quand j'étais tournée vers le mur et que personne ne pouvait me voir, je fermais les yeux.

Pendant quelques minutes, j'ai complètement oublié où je me trouvais. Nous étions enlacés, visages proches, mais aucun de nous deux n'avait le courage de déplacer ne serait-ce qu'une main. Camilla n'avait pas changé de parfum durant toutes ces années. Peut-être était-ce aussi pour cela que je me sentais si adolescent.

Mon cœur battait fort et la chanson était très longue.

J'avais presque envie de pleurer. Je ne pouvais pas m'empêcher de penser à toutes ces années (déjà sept ?), à tout ce que nous avions vécu ensemble, et qu'il était maintenant trop tard pour tout. Et ce parfum, qui sait si je le sentirais jamais une autre fois d'aussi près.

Puis la musique s'est arrêtée et j'avais honte et peur que l'on remarque mon embarras, alors que je n'avais rien fait. Tout de suite est arrivée Clara, qui m'a prise dans ses bras. Au début je ne l'ai pas reconnue.

Clara, toute radieuse, m'a demandé si je savais pour le bébé. Je suis resté un instant ahuri, comme si on venait d'allumer la lumière dans une pièce sombre, et j'ai fini par répondre que oui, je le savais. Elle, inconsciente de tout, m'a reproché en plaisantant de ne lui avoir rien dit.

***

Liuba était venue s'asseoir à notre table avec son mari. Pour moi il ressemblait au prince Charles. Sans doute en plus étoffé, mais avec la même expression vaguement chevaline. Silvestro s'était mis un peu à l'écart, sur un petit canapé, avec le frère de Liuba qui l'avait pris en sympathie et semblait à présent légèrement éméché.

Liuba voulait savoir pour l'enfant et si nous vivions encore dans la petite maison. Nous devions hurler pour l'emporter sur le vacarme et la musique. Liuba était très prévenante, traduisant à son mari tout ce qui se disait.

« Oui, on est toujours là-bas. »

Elle lui expliquait que j'avais vécu des années dans une baraque très bizarre, ce qui semblait le passionner. Quant à Silvestro, à quelques mètres de là, il était toujours interrogé par Viktor.

Viktor me forçait à chanter avec lui de vieilles chansons italiennes, puis s'appuyait sur moi et me soufflait au visage, me serrait contre lui, à un moment où je n'avais pas envie du moindre contact physique. Mais je me serais senti encore plus mal à l'aise avec les autres qui parlaient de comment rénover la maison de Camilla.

J'aurais voulu m'en aller, mais où ? Alors je suis resté sur le canapé à subir Viktor, jusqu'au moment où je n'ai pas pu m'empêcher de me mêler à la discussion : Simone était vraiment trop irritant.

« Tu veux toucher à la véranda ? »

Je n'avais pas l'impression qu'il nous écoutait. Simone avait dit que la maison était très sympathique mais qu'il y avait probablement des travaux à faire, pour la rendre plus « rationnelle ».

« Plus rationnelle pour quoi faire ? Pour moi elle est déjà très rationnelle comme ça. »

Je n'en avais pas envie, mais il fallait que j'intervienne. Simone l'aurait mal pris si je l'avais laissé seul face à Silvestro.

« Pour avoir un peu plus d'espace. »

« Mais pour quoi ? »

« Pour le petit, Silvestro. »

Je ne pouvais pas ne pas répondre. Mais j'avais envie de pleurer. J'étais accablée d'une tristesse que je n'avais jamais ressentie, même pas après ma rupture avec Fiodor.

Silvestro, qui devenait désobligeant, sans que personne n'en comprenne la raison, n'était pas simplement ivre. Il s'efforçait de me faire comprendre une chose terrible qui au fond ne le regardait en rien : je n'étais pas amoureuse de Simone. Et c'est pourtant de lui que j'attendais un enfant.

Viktor me cassait sérieusement les pieds et je n'avais plus envie d'entendre parler de trappes et de mezzanines, alors je me suis levé, prétextant voir le buffet.

J'espérais que tous penseraient qu'il était juste soûl. Mais je me racontais des histoires : probablement que Clara, qui me semblait loin d'être idiote, avait flairé quelque chose, tout comme Simone. Je me sentais terriblement coupable, j'étais terrifiée à l'idée que quelqu'un comprenne. Et, hypocrite, je me répétais qu'au fond tout allait bien.

Sur la grande table, un esturgeon farci me fixait avec mépris. Un serveur s'était très gentiment proposé de me faire goûter différentes sortes de vodka. Je me calmais peu à peu lorsque Viktor m'a rejoint et, comme si on ne s'était pas vus depuis des années, m'a pris dans ses bras. Pourquoi il me tripotait sans arrêt, m'enlaçait, me chantait *Felicità* !?

Alors j'ai craqué. Je l'ai poussé, sans doute, c'est vrai, avec une force un brin superflue et en lui hurlant des paroles pas vraiment élégantes (« Tu me casses les couilles ! » je crois), à un moment où la musique était un peu moins forte. En plus, cet imbécile était soûl et il a failli tomber par terre. Pire que si j'avais tué quelqu'un, tout le monde a bondi autour de moi : Clara, Simone, les Russes. Un Russe allait se lancer sur moi, peut-être espérait-il une bonne bagarre, mais le marié l'a bloqué. Il ne s'était rien passé. Tous cherchaient à dédramatiser la situation, Liuba avait emmené Viktor et tout avait repris son cours.

Moi, j'étais restée à la table, seule. Il ne semblait pas approprié de m'en mêler. Du moins tant que Silvestro n'avait pas dépassé les bornes.

Simone était le plus prévenant de tous. Mais il avait un regard étrange, moche, visqueux, que je ne lui connaissais pas. L'air de quelqu'un qui doit protéger sa famille, et qui est prêt à tout pour ça. Il avait aussi cette rancœur envers moi, cette jalousie peut-être, qu'il exprimait sous forme de moquerie. Moi j'étais le gamin, celui qui en fin de compte n'est pas fait de la bonne étoffe.

Bref, avec cet air-là, Simone m'a pris à part et m'a demandé de rester calme. Puis, sans ôter ses mains de moi, et il savait que je n'aimais pas ça, il m'a entraîné dehors, me disant qu'il valait mieux qu'on aille faire un tour ; mais moi je ne voulais pas sortir. « Alors arrange-toi pour ne pas faire trop le couillon », il m'a murmuré, en lâchant mon bras pour me donner une petite tape sur le visage. Alors là, une secousse, une rage aveugle s'est répandue dans tout mon corps et, sans la moindre envie de me retenir, je lui ai flanqué un coup. Un coup de poing, en pleine figure, sans toutefois bien le toucher.

L'instant d'après, j'étais dehors dans la neige, sans manteau.

Je craignais que ça se produise. Dès que j'avais parlé de Costanza à Silvestro, je m'étais rendu compte que je n'allais pas revenir de Moscou avec la sérénité que j'avais en arrivant. Ce que je ne pouvais pas admettre et que je n'ai compris que longtemps après, c'est que je ne me préoccupais pas tant de la réaction de Silvestro que de la mienne.

Simone n'avait rien et on a fait semblant que Silvestro était seulement ivre. Piotr nous a invités à danser et Simone ne m'a rien demandé. Bien entendu Clara aussi était embarrassée, mais elle aussi a minimisé. « Il vaut mieux le laisser seul un moment, après il vient et il s'excuse. » Je suis restée un peu avec eux, puis je me suis perdue dans la fête.

Je m'étais fixé comme objectif de trouver les toilettes. La datcha avait un autre étage et il y avait plein de gens que je n'avais encore jamais vus. Je saluais le peu que je connaissais. Tous les murs étaient faits d'énormes troncs écorcés.

En montant l'escalier il y avait davantage de lumière. Dans une des pièces du haut s'étaient cloîtrés les parents les plus âgés, dans une autre les enfants. Ensuite je suis arrivée dans la pièce où étaient les manteaux. Le mien était parmi les plus en vue, près d'un jeune couple qui bavardait.

***

Le froid et le relatif silence du bois me réveillaient à chacun de mes pas. Je suivais le parcours que les torches signalaient dans la neige. Il pouvait être partout, le parc était grand. Mais il n'était pas loin, assis sur un banc. Je me suis approchée, lui n'a pas levé les yeux.

« Je n'avais pas compris… »

« Qu'est-ce que tu n'avais pas compris ? »

« Je n'avais pas compris. »

Que pouvais-je faire ? Je me suis assise à ses côtés. Nous sommes restés quelque temps silencieux. J'aurais dû être furieuse contre lui, mais je n'y arrivais pas. Il ne tremblait pas, bien que sans manteau. La vodka sûrement. On persistait à ne pas se regarder. Et puis je me suis décidée.
« Mais tu t'attendais à quoi ? »

Je lui ai pris la main et elle m'a laissé faire. Je m'attendais à quoi ? Que les choses restent figées pour toujours. J'ai posé la tête sur ses genoux et une fois encore Camilla ne s'y est pas opposée.

Il a posé sa tête sur moi, je l'ai laissé faire. J'avais l'impression qu'il pleurait mais je n'en étais pas sûre. Nous sommes restés comme ça quelques minutes encore. On entendait au loin la musique de la fête. En respirant, nous produisions de petits nuages de vapeur qui se mélangeaient en s'élevant.
« Tu veux mourir de froid ici avec moi ? »

« Oui. »

J'étais bien et en même temps très mal. Je ne pouvais pas ne pas être furieuse, ou au moins distante avec lui. Mais j'en étais incapable.
« Moi non. On rentre ? »
J'ai bougé pour me lever, il a été plus rapide. Il s'est redressé et pour la première fois m'a regardé dans les yeux, de très près.

« Toi, tu m'aimes ? »

« Non. »

« Pourquoi ? »

« Parce que non. »

Je ne me croyais pas et lui non plus ne me croyait pas. Je devenais odieuse, mesquine.

« Parce que toi, tu m'aimes ? »

« Moi oui. »

« Ah, c'est facile maintenant. Rentre, sinon tu vas geler pour de bon. »

Mais il ne bougeait pas et, à vrai dire, moi non plus.

« Alors reste ici. »

Et je suis partie. À une centaine de mètres de nous se trouvaient Clara et Simone. Je ne les avais pas entendus arriver. Clara est passée à côté de moi sans un regard. Je ne pensais pas qu'une fille comme elle, que j'avais toujours vue souriante, puisse avoir une expression aussi grave. Simone est resté immobile et quand je l'ai dépassé il m'a suivie. En s'éloignant, on entendait les hurlements de Clara.

HUITIÈME HIVER
Janvier 2007

Avec Ermanno, ça se passait plutôt bien : d'association sans but lucratif nous étions devenus une SARL. Du coup, il fallait que je m'occupe de toutes ces choses ennuyeuses et pratiques – impôts, assurances – que je n'aurais jamais cru savoir gérer.

Je l'avais amené à La Zucca, un restaurant qui m'a toujours plu, petit mais avec plusieurs salles, et où l'on sert, comme le dit l'enseigne, un excellent flan de courge, du couscous et des gâteaux à la fois bons et originaux.

Je tâchais de le convaincre de trouver un plus grand théâtre pour les enfants. Je m'étais enflammé à l'idée, effectivement un peu ambitieuse, d'augmenter le nombre des participants quand, dans la salle voisine, j'ai entraperçu Simone.

Ermanno continuait à faire des calculs – et à me traiter d'inconscient, me semble-t-il – mais je me concentrais sur comment réussir à me pencher davantage sans me faire remarquer. Simone avait une veste de velours côtelé et s'était laissé pousser la barbe. Il n'avait encore rien commandé. Face à lui un couvert était mis, mais personne n'était assis.

Tandis qu'Ermanno réaffirmait que, même en restant dans notre entresol, cette année nous n'allions pas réussir à équilibrer les comptes, je me suis penché de nouveau sur ma chaise, cette fois avec plus de détermination : Simone jouait avec un enfant dans une poussette.

Je savais vaguement que Camilla avait eu une fille, mais rien de plus. On ne s'était pas revus ni contactés depuis le mariage et personne ne m'avait parlé d'elle.

Je n'arrivais plus à me passionner pour cette discussion sur le théâtre d'animation qui, une minute plus tôt, me paraissait la chose la plus importante du monde.

J'étais sûr que Simone attendait Camilla, alors quand j'ai vu entrer Niccolò, je ne sais pas si j'étais soulagé ou déçu. À cet instant Ermanno les a remarqués aussi, il les a salués depuis sa place et s'est remis à ses calculs.

Alors je me suis levé et les ai rejoints à leur table. La dernière fois que j'avais vu Simone, je lui avais flanqué un coup de poing.

Leur salle était un peu plus grande que la nôtre, mais toujours avec des lambris d'un bois chaud et des dessins de courges gigantesques. Niccolò est venu à ma rencontre, nous nous sommes donné l'accolade et avons prononcé ce qu'on se dit habituellement lors de retrouvailles. Simone ne s'est pas levé, probablement parce qu'il était bloqué par la poussette.

« Et toi, comment ça va ? » je lui ai demandé, m'efforçant de conserver un ton le plus naturel possible.

« Assez bien merci. Et voici Costanza. » Elle était très belle. Niccolò m'a invité à m'asseoir avec eux, mais Simone l'a tout de suite regardé de travers, sans même se soucier que je puisse le voir.

« Je ne peux pas, je suis là avec mon associé... », Ermanno l'a salué à son tour depuis son siège.

« Ah ! Ermanno m'a dit que vous vous agrandissez. »

« Bon, je retourne avec lui. Plus tard peut-être... »

« C'est ça, après déjeuner je passe te saluer. »

Je suis donc reparti, la queue entre les jambes, sans avoir fait la seule chose pour laquelle j'étais allé le voir. La réaction de Simone m'avait surpris et m'avait mis très mal à l'aise. Étant donné son caractère, je pensais qu'il aurait fait mine de rien. Mais lui aussi avait grandi, ou du moins changé : il avait appris qu'on ne peut pas passer sur tout, même quand on est sage et optimiste comme lui. Ma relation avec Simone était perdue pour toujours. Je le connaissais bien : jusqu'à ce jour-là il m'avait pardonné toutes mes inepties, mais ce qui s'était passé en Russie non, parce que ça concernait les « choses sérieuses », et pour Simone les choses sérieuses étaient nettement distinctes des autres et avaient des règles totalement différentes. Il était inflexible, Simone. Tout le contraire de moi.

Bien que me sachant en tort, avant d'arriver à ma place je me suis retourné. Simone me fixait sans sourire.

« Écoute, et... »

« Quoi ? »

« Et... Camilla ? »

« Je ne la vois pas souvent. »

« Ah ! »

Simone persistait à me regarder fixement et, même si lui était assis et moi debout, il semblait le faire de haut en bas.

« Pourquoi... ? Vous ne vivez plus... »

« Non, elle est retournée vivre chez son père. »

« Je l'ignorais. Désolé. »

Je l'avais fait. De la façon la plus simple et la moins digne, si l'on veut, mais j'avais réussi à savoir ce que je voulais vraiment savoir.

J'ai demandé à Ermanno s'il pouvait me prêter sa voiture.

***

J'y étais déjà allé une fois, pour chercher le chat, et j'avais trouvé cette campagne sympathique et accueillante. Il y avait partout des vignes avec en fond le rose des Dolomites. Ce jour-là en revanche, était-ce le ciel gris et bas ou la période de l'année, cette route était étonnamment triste et sans couleur.

Avec Camilla on ne s'était pas vus depuis un an et je n'avais aucune idée de ce qui m'attendait. Ni de sa part ni de la mienne. Mais j'étais heureux : je sentais que je faisais ce qu'il fallait.

Son père m'a ouvert. Quand il m'a fait entrer, j'ai remarqué qu'il était en train d'étendre des vêtements de bébé. Il me paraissait beaucoup plus vieux que la dernière fois, et un peu préoccupé également. Quoi qu'il en soit, il a été gentil comme toujours et m'a proposé un thé avec des biscuits. Mais moi je voulais voir Camilla.

Il n'était pas à l'aise, il semblait cacher quelque chose. « Je crois qu'elle dort, a-t-il dit, mais, allez, on va essayer quand même. » Nous sommes ensuite montés par un escalier en colimaçon.

***

« Camilla… ? » Son père l'a appelée, mais elle a mis un peu de temps à répondre. Il n'a pas insisté, comme s'il en avait peur.

« *Quoi ? Qu'est-ce que tu veux* ? »

« Un de tes amis est ici. » Ce n'est qu'un bon moment après que Camilla a ouvert la porte. Lorsqu'elle s'est rendu compte que c'était moi, son expression n'a pas changé. Nous sommes restés un instant tous les trois comme ça, son père et moi devant la chambre, elle immobile sur le seuil.

Papa nous a demandé si on voulait du thé avec des biscuits puis il nous a laissés seuls. Que voulait donc Silvestro ?

« Salut. Comment tu vas ? »

« Moyennement. »

« Je peux entrer ? »

« Si tu veux. »

Je n'étais jamais venu dans sa chambre. C'était une mansarde, avec des meubles en bois clair et plein de livres. Dans un coin il y avait un parc pour bébé. C'était la chambre en désordre d'une personne naturellement ordonnée. Partout des tasses à café sales, des assiettes avec des restes de nourriture, par terre et sur le lit.

Je n'avais jamais vu Camilla dans cet état. Elle était négligée, maigre et tout à coup laide. Elle regardait dans le vide tout en se déplaçant de-ci de-là dans la chambre pour ranger des DVD. Je me serais irrité d'une telle indifférence s'il n'avait pas été clair qu'elle n'allait tout simplement pas bien.

« Tu as changé de coiffure ? »

« J'ai juste les cheveux très sales. »

« Tu veux que je m'en aille ? »

« Non. Tu peux rester. »

Je me suis assis au bord du lit défait, repoussant une assiette de pâtes à peine entamée et posant mon manteau sur mes genoux.

« Mais tu es toujours en colère contre moi ? »

« Je ne suis pas en colère. J'ai jamais été en colère contre toi. Je suis juste triste. »

« Je suis désolé, ça me fait de la peine de te savoir comme ça. »

« Moi aussi. »

Ça n'avait vraiment aucun sens que je reste. Je ne m'attendais pas à ça. Alors j'ai commencé à nouer autour de mon cou l'écharpe que je venais d'enlever. C'est à ce moment-là que j'ai vu en elle une sorte d'effroi. Camilla a changé d'expression, d'une façon un peu inquiétante, comme si elle se réveillait d'une hypnose.

« Non, excuse-moi. Je suis un peu vaseuse, mais je m'arrange un instant et on repart à zéro, d'accord ? »

J'ai hoché la tête, pas très convaincu.

« Je t'emmène faire un tour ! »

Je ne sais pas ce que j'avais voulu obtenir en me montrant aussi froide avec lui. Ces jours-là j'étais tout le temps dans cet état, mais si j'avais été capable de lui demander de rester, alors j'avais encore un peu de contrôle sur moi. Je l'avais oublié, mais je possédais encore une volonté. Il y avait en moi une capacité secrète de réaction qu'en cas de véritable nécessité j'étais toujours capable d'exhumer. Et ces ressources cachées, c'était encore une fois Silvestro qui me les faisait retrouver.

***

Dans la fourgonnette de son père, nous avons parlé du temps qui passe et du temps qu'il fait.

Camilla s'était un peu maquillée et s'efforçait maintenant de paraître sereine ; je n'en étais que plus mal à l'aise. Elle m'a emmené dans une châtaigneraie. Très imposante, quoique vaguement sinistre. Nous nous sommes mis à marcher lentement l'un à côté de l'autre.

« Tu reviens quand, à Venise ? »

« Je ne sais pas. En fait je pensais rester chez papa. Il y a une belle bibliothèque au village. Je pourrais travailler là, j'ai fait une demande… »

« Je ne t'y vois pas. »

« Pourquoi ? On est bien ici. »

Son ton était péremptoire, il m'a semblé préférable de ne pas insister. En effet, peu après, Camilla s'est radoucie.

« Excuse-moi pour tout à l'heure. »

« De quoi ? »

« D'avoir été un peu revêche. »

« Pas de problème. »

« D'habitude je ne suis pas comme ça. C'est juste qu'aujourd'hui j'étais un peu… »

« Ne t'en fais pas. Aucun problème, vraiment. »
Le sujet était clos, mais c'était comme si nous n'avions plus rien d'autre à nous dire.
« J'ai vu Costanza », j'ai ajouté alors.
Camilla s'est arrêtée et m'a regardé avec un enthousiasme un peu forcé.

« Tu as vu Costanza ! »

« Oui, parce que j'ai rencontré Simone et… Elle est belle, très belle. »

« Merci. Bien sûr qu'elle est belle. Je suis très contente de Costanza. »

« Pourtant tu n'as pas trop l'air heureuse… »

« Non, non, je le suis. C'est que c'est une période un peu comme ça, ne t'inquiète pas... »

Camilla s'était de nouveau figée, près d'un arbre, moi j'avais continué à marcher sur les brindilles qui craquaient.

« Pas la peine que tu me joues la comédie. Si tu as un peu le cafard... »

« Mais je ne joue pas la comédie. Pas du tout. »

« En fait, je disais ça pour... »

J'aurais peut-être dû éviter l'allusion au théâtre. Elle s'était énervée et je craignais qu'elle ne redevienne méfiante.

« Mais c'est Simone qui t'a dit de venir ? »

« Non. »

« Excuse-moi, je suis parano, c'est qu'il se tracasse trop pour moi. Il m'a même donné le numéro d'un de ses collègues psychologue. »

« Personne ne m'a dit de venir. J'avais envie de te voir et je suis venu. »

Le soleil commençait à baisser et notre marche nous a ramenés à la fourgonnette, garée à l'orée du bois. Je ne pouvais pas aller plus loin, Camilla m'a rejoint et est venue tout près de moi.

« D'après toi, je dois y aller chez ce psy ? »

« Ben, non… Si… Peut-être, essaye une fois. Mais en une seule fois, tu lui dis quoi ? »

« Que ces dernières années je n'ai fait que des conneries. »

« Peut-être bien qu'aujourd'hui ça te semble être des conneries, mais… Par exemple ? »

« Non, non, c'était vraiment des conneries. Par exemple, Fiodor. Par exemple, Simone. Costanza. Non, pas Costanza, mais, bon, tu as compris. »

Je me sentais de plus en plus coincé entre elle et la fourgonnette, et je ne savais pas comment réagir à ses rapides changements de ton. Elle était vide, absente et très triste, puis l'instant d'après violemment euphorique.

« Mais tu sais que ça me fait drôle de parler de tout ça avec toi… »

« Pourquoi ? »

« Je ne sais pas, tu ne m'as jamais paru quelqu'un à qui faire des confidences. »

« Ben, c'est sans doute un peu vrai. Mais non, attends, c'était vrai. Maintenant je suis plus adulte, j'ai mis un peu de temps… »

« Ah oui ? Non, mais je dois dire qu'au contraire cette manière que tu avais… »

« Quelle manière ? »

« Je ne sais pas, cette manière que tu avais de repousser les choses moches. Ça me tapait sur les nerfs. Mais maintenant je comprends. »

Elle s'est mise à sourire d'une façon bizarre. Qu'elle ne s'aperçoive pas que j'étais mal à l'aise me crispait de plus en plus. Je tâchais de poursuivre la conversation comme si elle était normale, même si elle ne l'était évidemment pas. J'ai bien peur que ma voix se soit mise à chevroter aussi un peu.

« En quel sens ? »

« Par exemple aujourd'hui tu m'as mise de bonne humeur. Je peux ? »

J'ai souri, cette fois d'un sourire qui se voulait clairement faux. Elle m'a pris tout à coup dans ses bras avec force. Et, après quelques instants, elle a recommencé à parler, avec enthousiasme.

« Tu sais que depuis que je suis revenue vivre ici c'est la première balade que je fais !? »

« Quand tu veux, je reviens te voir. »

« Demain ? Il y aura aussi Costanza ! »

« Demain, je ne sais pas… Bientôt en tout cas. »

Camilla m'a embrassé. Toujours avec ce sourire étrange. Je me suis laissé faire, mais ce n'était pas un beau baiser.

Je me sentais agressé. Camilla était presque violente et je trouvais incroyable qu'elle ne s'aperçoive pas de mon embarras.

« Camilla... »

« Qu'est-ce qu'il y a ? »

« Il fait froid. »

***

« J'y suis presque, tu vas voir... »

J'étais recroquevillé à l'arrière de la fourgonnette, tandis qu'elle dégageait en hâte un espace pour nous deux, repoussant vivement des cartons, des cordes et divers outils, avec cette sourde euphorie qui me faisait peur. Elle s'est arrêtée un moment et, avec un air de folle, elle m'a dit :

« C'est bizarre, mais c'est beau, hein ? »

« Oui, très. »

Puis elle est montée sur moi et s'est mise à me déshabiller avec une fougue que je découvrais. Elle se collait à moi, arrachait ma veste, me donnait des baisers qui étaient autant de morsures. Ça aurait pu être drôle et très romantique à un autre moment de notre vie, mais pas aujourd'hui. Si ça n'avait pas été Camilla, j'admets que je n'aurais eu aucun scrupule à me laisser faire. Mais avec elle ça aurait été rendre triste et impure une relation qui jamais, malgré tout, n'avait été triste ni impure, pas une seule fois. Alors je l'ai repoussée ; elle était déjà toute rouge autour des lèvres.

« Écoute Camilla… Bon… »

« Ça te dit pas ? »

« Non. Si. »

« Pas de problème, hein, si ça te dit pas. »

« C'est pas que ça me dit pas, ça me dit même beaucoup, mais je crois que ça me plaît pas comme ça. »

« Ça fait rien… Oh mon Dieu, je t'ai choqué. »

« Non, sérieusement, c'est pas que je n'ai pas envie. »

« En fait, moi aussi… C'est-à-dire je pensais que peut-être tu voulais et donc… Excuse-moi. Tu n'es pas en colère, hein ? »

« Non, au contraire. »

« Tu veux qu'on rentre ? »

« Comme tu veux. »

J'éprouvais honte et mépris pour moi-même, et en même temps j'étais soulagée. Faire l'amour avec lui n'était certainement pas ce que je voulais à ce moment-là.

Elle m'a ramené devant chez elle, où j'avais garé ma voiture, et c'est là que j'ai commencé à broder.

« Je t'appelle dès que je sais quand je peux venir, demain, sinon après-demain… »

« Quand tu veux, enfin, quand toi tu peux. Ne te sens pas obligé. »

Même si mon mensonge n'avait aucune substance, parce que nous savions tous les deux que je ne l'appellerais pas et que je ne reviendrais pas la voir, c'était la première fois que je lui mentais.

« Alors je t'appelle dès que je sais. »

« Ça va. Quand tu veux. »

Je suis restée là quelque temps, à regarder la voiture qui disparaissait et réapparaissait entre les collines, de plus en plus petite, de plus en plus lointaine. Si papa n'était pas venu me chercher pour me ramener à l'intérieur, j'aurais attendu jusqu'à la voir disparaître définitivement, espérant, sans conviction, qu'elle s'arrête et fasse demi-tour.

NEUVIÈME HIVER
Janvier 2008

Je m'étais laissé pousser la barbe. Pour voir si ça m'aiderait à me sentir plus sérieux, plus adulte. Au travail, j'étais devenu fiable et méticuleux, mais en même temps j'en avais un peu marre. Du coup, pour me changer les idées, le soir, je sortais jusqu'à très tard, je fumais beaucoup et je mangeais n'importe quoi, si bien que, pour la première fois de ma vie, à vingt-sept ans, j'avais grossi.

Ce matin-là, je sortais d'une fête triste et je ne savais pas pourquoi j'y étais resté jusqu'à l'aube. J'ai suivi quatre ruelles et je me suis retrouvé sur la place San Giacomo dell'Orio, déserte. Je n'avais rien à faire, alors je me suis assis sur un banc.

À San Giacomo, j'y venais souvent avec Camilla. On n'avait passé ensemble que quelques semaines à Venise, mais, moi qui ne me souviens jamais de rien, je me les rappelle encore jour par jour, heure par heure.

Je fumais, je pensais à elle, les goélands remplissaient le silence de leurs cris affreux, quand derrière moi est apparu un moine barbu. Il traînait un sapin de Noël tout dépenaillé.

Il a traversé la place, puis il s'est arrêté, et il a posé l'arbre contre le puits central pour reprendre son souffle.

À cette époque, je m'étais mise au footing. J'avais un peu honte parce que je courais mal, je n'étais pas coordonnée. J'allais au Lido, plus pratique mais un peu ennuyeux à la longue, ou à Venise, dans le centre.

J'y allais à l'aube, parce qu'il n'y avait pas grand monde, et puis c'étaient des mois où je me réveillais toujours très tôt. Seulement, au bout d'un quart d'heure, j'étais déjà fatiguée et je devais m'arrêter pour me reposer. Un matin, je suis arrivée sur une place et je me suis affalée un instant contre un arbre. Alors que je reprenais ma respiration en feignant de faire du stretching, une scène rigolote se déroulait à quelques mètres de moi. Un moine, avec tonsure et tout le toutim, se tenait avec un arbre de Noël contre le puits derrière l'église. Je l'ai regardé. Lui aussi, comme moi, reprenait son souffle. Ça m'a fait sourire et rendu en même temps mélancolique. Sur cette place étrange, avec son église au milieu, j'y venais souvent avec Silvestro, et on se mettait précisément sur ce puits, le seul endroit d'où on voit toute la place.

Je suis resté là un petit moment pour voir si le moine s'en sortait seul ou s'il avait besoin d'aide. Je repensais à Camilla, à cette stupide nuit des escargots. Et au matin d'après, surtout, quand je n'avais pas su quoi lui dire.

Sur cette place j'avais répété mon oral avec Silvestro, le jour de la soutenance, plus ou moins à la même heure.

Je me suis remise à courir.

Le moine avait repris son arbre et disparaissait derrière l'église. J'entendais des gens arriver. Cet endroit me plaisait désert, alors je me suis levé de mon banc et je suis passé sous les arcades.

Je traversais le campo de ma course balourde, mes foulées retentissaient sur le pavé, va savoir jusqu'où, et j'étais un peu triste de partir.

Arrivant sur une autre place, j'ai entendu, en plus des goélands, les pas lourds de quelqu'un qui courait.

Pendant toute cette année-là, je n'ai rencontré Silvestro qu'une seule fois.

DIXIÈME HIVER
Mars 2009

Ça devait se passer dans une étude notariale, un lieu pour moi nouveau et mystérieux. Dès le grand escalier de cet immense palais nobiliaire, on entendait un grand brouhaha. Et voilà, je me disais, il va y avoir un tas de gens ; autant m'en aller tout de suite. Mais je suis montée, espérant que la petite foule que l'on devinait sur le palier soit là pour une autre raison que la mienne.

J'avais au moins réussi à ne pas arriver trop en retard, bien que ce jour-là l'eau fût si haute qu'elle obligeait les vaporettos à faire des circuits bizarres. Costanza adorait l'acqua alta *: quelques heures plus tôt je l'avais laissé courir dans les ruelles, avec des caoutchoucs qui lui arrivaient au-dessus des genoux. Elle grandissait, encore un an et elle irait à la maternelle. J'en avais profité toute la matinée, puis je l'avais emmenée à son père pour le déjeuner.*

Simone s'était trouvé une autre compagne et nos rapports étaient les meilleurs qu'on puisse imaginer. Nous passions souvent du temps ensemble avec Costanza, contrainte de faire des allers-retours. Pour lui éviter ça, j'envisageais de retourner vivre à Venise. De plus, j'avais enfin obtenu une bourse de recherche.

La salle de l'étude était énorme, sans meubles et entièrement peinte à fresque ; juchées sur de petites chaises pliantes, disposées en rangées comme pour un spectacle de théâtre, il y avait une vingtaine de personnes, presque toutes bien plus âgées que moi – et donc certainement plus riches. Au fond, derrière un bureau, se tenait un homme aux cheveux blancs, lunettes sur le bout du nez. Je suis allée m'asseoir et j'ai reçu comme tout le monde une enveloppe et une feuille de papier, tandis que l'homme, qui devait être le notaire, expliquait les règles.

Et moi qui croyais être la seule ! Je pensais que personne, sauf moi pour des raisons affectives, ne serait intéressé par cette masure branlante.

J'étais très en retard. En montant l'escalier j'entendais une voix qui expliquait le déroulement des enchères et je me demandais ce que j'étais venu faire là. J'avais lu l'annonce par hasard dans le *Gazzettino* et sans plus y penser j'avais décidé d'y faire un saut.

Papa avait un peu d'argent de côté, et en cas de besoin on aurait vendu une grange qu'on n'utilisait jamais. J'étais très tendue.

Je suis entré dans la salle presque en courant. « Attendons un instant ce monsieur », a dit le notaire avec irritation pendant que je m'installais en vitesse sur l'unique chaise restée libre, juste devant lui. Et voilà, d'emblée je ne lui étais pas sympathique. Va savoir si d'une façon ou d'une autre, cela diminuait mes chances.

Je n'en croyais pas mes yeux. Ce monsieur, ce bout d'homme qu'il était maintenant, ne me lâchait pas ! Je l'ai reconnu à sa voix. Lui ne m'a pas remarquée et il est allé s'asseoir, le souffle court, au premier rang. Le voir ainsi m'a remplie de tendresse.

En fait, je n'avais absolument pas l'argent nécessaire, mais je comptais obtenir un prêt en utilisant comme garantie ma part de la société d'animation. Je ne savais pas si ça pouvait se faire, mais je ne voulais pas gâcher cette occasion : la mise à prix était basse et j'étais sûr qu'il n'y aurait personne pour cette bicoque. Eh bien pas du tout, il y avait un tas de gens. Mais peut-être étaient-ils là pour les enchères suivantes, je me suis dit. J'ai remis mon enveloppe et le notaire a commencé à les ouvrir une par une.

Les premières offres étaient nettement inférieures à la mienne, pourtant pas bien haute. Cent soixante, cent cinquante, cent quatre-vingt mille.

« Corrà cent quarante, Micheli cent quatre-vingt-sept. » Les offres étaient monstrueuses. Mais qui pouvait offrir cent quatre-vingt mille euros pour cette maison ? Et puis le système des enchères ne devait-il pas être un truc bon marché ? J'allais me lever, espérant avoir le temps de disparaître avant que mon nom ne soit prononcé.

Je me demandais combien il avait offert. Je savais que sa société avec Ermanno tournait bien, mais je n'avais pas idée à quel point, si bien que j'imaginais une fin d'enchères avec plus que nous deux comme concurrents, genre film américain. Mais, évidemment, dix ans n'avaient pas suffi à me faire comprendre de quel bois était fait Silvestro.

« Cent trente-six mille euros, monsieur Noè Silvestro. » Il avait offert six mille euros de plus que la mise à prix. Bien entendu le public gloussait. Et moi aussi, mais pas pour les mêmes raisons.

« Il est ici, monsieur Noè Silvestro, ou Silvestro Noè ? » insistait le notaire, qui avait sûrement compris que c'était moi et, de fait, me regardait. Mais moi, tu parles que j'allais répondre ! De toute façon, personne ici ne pouvait savoir qui j'étais.

Et le plus amusant n'était pas qu'il n'avait offert que six mille euros de plus, mais qu'il en ait honte au point de faire mine de rien. Il était attendrissant et ridicule à la fois quand il feignait de regarder ailleurs en attendant que deux ou trois autres offres lui permettent de s'éloigner sans se faire remarquer.

Je ne pouvais pas m'en aller tout de suite. La manœuvre la plus futée était d'attendre quelques offres de plus pour, ensuite, me diriger discrètement vers la sortie.

J'aurais peut-être dû lui faire signe, l'appeler. Je trouvais moche de l'épier comme ça, profitant de ma position dans les rangées du fond. Et puis non, j'ai pensé que lui ne l'aurait jamais fait. À ma place, naturellement, il aurait profité du spectacle.

Le notaire égrenait de nouveau noms et chiffres, alors j'ai sauté sur l'occasion pour mettre les voiles. J'étais déjà debout quand j'ai entendu le nom de Camilla. Qui était d'ailleurs associé à l'offre la plus élevée faite jusqu'à présent. Elle était dans la salle et ne pouvait pas ne pas m'avoir vu, ayant donc aussi assisté à mon humiliation. Ah, la voilà. Avec son petit minois espiègle. Camilla Sannucci. Elle me regardait.

Finalement il m'avait vue. Il m'est venu un grand et beau sourire : j'avais vraiment plaisir à le revoir.

Elle me souriait du fond de cette salle couverte de fresques et, sans doute grâce aussi à la lumière, Camilla m'a semblé aussitôt en meilleure santé et plus forte que la dernière fois où je l'avais vue.

Il restait planté là, au beau milieu de la salle, entouré de tous ces gens encravatés assis qui le regardaient avec méfiance ; le notaire l'a même admonesté : « Si vous tenez à rester, au moins asseyez-vous ! » Alors je lui ai fait signe de venir près de moi.

Je ne savais pas ce qu'il convenait de faire avec Camilla. L'attendre ou bien la saluer et partir. La dernière fois qu'on s'était vus, ça s'était plutôt mal passé. Mais par bonheur le notaire m'a ordonné de m'asseoir (à présent, j'étais certain qu'il m'avait dans le nez et qu'il avait compris que Noè Silvestro, ou Silvestro Noè, proposant six mille euros c'était moi). Alors j'ai traversé la salle, déplaçant les chaises de ceux qui étaient déjà partis et m'attirant les regards choqués de ceux qui étaient restés, et je suis allé me mettre à côté d'elle.

« Comment tu vas ? »

« Bien… J'étais persuadé que personne n'allait venir… Et toi, comment tu vas ? »

« Moi aussi ça va. Mais laisse-moi écouter. »

La voix du notaire récitait une kyrielle de noms et de chiffres. Je me suis aperçu qu'en fait j'aurais été heureux que ce soit elle qui remporte l'enchère, encore plus que si je l'avais remportée moi. Notamment parce que je n'aurais pas eu l'argent et que probablement je venais juste de risquer quelques années de prison pour folle enchère.

Camilla et moi, on se regardait à chaque nom et à chaque enchère plus basse que la sienne, mais on ne pouvait pas parler parce que le terrible notaire nous aurait sûrement flanqués dehors. Et moi qui avais songé à m'en aller sans la voir… Je suis bête parfois.

Il pouvait paraître étrange que je tienne tellement à cette bicoque, qui n'était même pas une vraie maison. Mais quand je m'étais mise à chercher un appartement, parce que je voulais revenir à Venise et que j'avais appris pour cette vente aux enchères, ça m'avait semblé la chose la plus juste et la plus belle à faire, celle qui me rattachait aux moments les plus heureux de ma vie. Car, lorsque je pensais aux plus beaux jours des dernières années, me venaient à l'esprit toujours et uniquement ceux avec Silvestro.

Qui sait si c'était pareil pour lui, si lui aussi était venu à ces enchères pour la même raison.

La salle était coupée en deux par un rayon de soleil jaune et dense, grouillant d'une poussière joyeusement dansante qui me tranquillisait, me rappelant que le monde n'était pas fait que de notaires grisâtres mais aussi de poussières ballerines et de gens comme moi.

Soudain la voix odieuse du notaire a brisé ce beau moment où nous étions proches sans pouvoir parler.

Quelqu'un, un certain Tagliaferri à trois rangées du fond, avait fait une offre plus élevée que celle de Camilla. Avant même de voir sa tête, je l'ai haï de tout mon cœur.

Je n'avais rien envie de dire. J'y avais vraiment cru, et depuis que Silvestro était assis près de moi, je ne sais pourquoi, j'avais espéré avec encore plus de conviction.

Nous sommes restés un moment assis là, tandis que tous les autres s'en allaient et que ce Tagliaferri, gonflé comme un paon, s'approchait du notaire.

***

Le vaporetto était désert et gorgé de ce beau soleil du milieu de l'après-midi. Camilla et moi allions dans la même direction, et nous avons fait le chemin ensemble pour bavarder un peu, sans arrière-pensées, comme deux personnes qui en quelque sorte se sont accompagnées dans la vie pendant dix ans. Même si nous n'avions pas remporté la maison, nous étions tous les deux de bonne humeur.

« Dis-moi, c'était juste un truc affectif ou tu as l'intention de revenir vivre à Venise ? »

« Non, je reviens quoi qu'il en soit. Costanza commence la maternelle cette année et j'ai décidé qu'elle ne pouvait pas continuer ces allées et venues. Et puis on m'a attribué une bourse de recherche ici. »

« Bravo ! »

Silvestro a baissé les yeux sur la brochure de l'agence immobilière, avec la photo de la maison de nouveau tout envahie par les ronces.

« C'est quand même dommage ! »

« Mais tu ne l'aimais pas trop toi cette maison, si ? »

« Disons que certaines choses, on apprend à les apprécier avec l'âge… »

Qu'est-ce qu'il pouvait être bête. J'avais envie de rire, comme ça m'arrivait souvent avec lui.

« Qu'est-ce qu'il y a ? Pourquoi tu ris ? »

« Comme ça. Tu es resté un gamin. »

« C'est pas vrai ! »

Maintenant il gloussait lui aussi.
« Bien sûr que c'est vrai. Ça te fait même rire. »

« C'est pas vrai. Je suis très sérieux. »

Ça faisait bizarre d'être à nouveau ensemble sur un vaporetto. Un vaporetto pareil à celui où on s'était vus pour la première fois, il y avait presque dix ans.

« C'est drôle, non ? »

« Quoi ? »

« Allez, c'est bizarre. »

« Oui, c'est bizarre. Mais là, moi je dois descendre. »

Et elle s'est levée, me laissant encore une fois assis à la regarder s'en aller.

« On pourrait s'appeler un de ces jours. »

« D'accord, appelle-moi. Ciao. »

On s'est embrassés sur les deux joues et je me suis placée devant la sortie alors que le marin retirait le portillon métallique. Il faisait chaud et à cet endroit la lagune semblait presque une mer ouverte.

« Camilla ? »

« Quoi ? »

Il a couru vers moi.

« Ça te dit d'y faire un saut ? »

« Où ça ? »

« À la maison. »

À la maison ? Et pourquoi donc ?
« Heu non, peut-être une autre fois… Je suis un peu pressée. »

« Allez… Imagine qu'ensuite ils la démolissent ! »

Ce n'était sûrement pas vrai qu'ils allaient la démolir, mais ce n'était pas vrai non plus que j'étais si pressée. Costanza était chez Simone et je pouvais tout aussi bien prendre le train suivant. Et puis j'avais envie de parler encore un peu avec Silvestro. Je regrettais que, pour une raison ou pour une autre, il n'ait jamais fait vraiment partie de ma vie. Ça m'avait immédiatement paru limpide quand je l'avais vu à la vente. Parce qu'il me mettait de bonne humeur ce drôle de garçon, mais, surtout, parce qu'il était le seul capable de m'enlever ce fardeau, ce bruit de fond : l'impression que le monde est sans grand intérêt, que la seule chose sensée soit d'attendre de mourir dans la plus grande sérénité possible. Cette certitude, Silvestro me la faisait oublier.

Je me rendais compte que, les sensations aussi intenses que celles qu'il suscitait en moi, je les avais éprouvées pour seulement deux personnes dans ma vie, Fiodor et Costanza, mais en réalité c'étaient des sensations très différentes ; plus profondes et en même temps plus terre à terre, donc moins magiques.

« Mais juste cinq minutes. »

***

Au loin, au milieu des ronces, on commençait à entrevoir la maison ; on n'avait aucune hâte d'arriver, sachant qu'ensuite on devrait se quitter.

« Allez, parle-moi encore de Costanza. »

« Alors… Costanza. Maintenant elle a appris à grimper sur les meubles : l'autre jour elle a ouvert l'armoire de toilette et elle a presque mangé un tampon. »

« Pas mal ! »

« Et toi ? Il paraît que tu es devenu un clown renommé ? »

« Je ne fais pas le clown ! Je suis à la tête d'un projet révolutionnaire ! On a ce théâtre, un peu humide mais grand, où les enfants peuvent faire ce qui leur chante : ils peignent, jouent la comédie, plantent des arbres… »

« Mangent des escargots… »

« Ben, s'ils veulent. »

« J'y amènerais bien Costanza. »

« Si à deux ans elle mange déjà des tampons, je dirais qu'elle est promise à un grand avenir. »

Et nous voilà arrivés. La maison n'était pas très différente de comme on l'avait vue dix ans auparavant. Sauf que cette fois, nous étions en plein jour et côte à côte.

« Tu penses qu'ils vont en faire une salle de jeux ? »

« Ici ? Non… peut-être une supérette. »

Je ne savais plus quoi dire. On est restés là, suspendus comme des idiots, conscients du fait que la fin de notre pèlerinage signifiait aussi celle de notre après-midi ensemble. Mais je me suis rappelé une chose.

Il s'est jeté sur ce pauvre kaki et s'est mis à farfouiller entre les racines. Puis il a bondi avec une boule de ruban adhésif entre les mains et me l'a agitée sous le nez. Ça devait être les clés.

« Tada ! »

Je les avais laissées là par sécurité et puis je les avais oubliées.

On est entrés dans la maison et, comme la première fois, elle était nue, sale et poussiéreuse.

Ça faisait au moins cinq ans que je n'y étais pas revenu. Je ne pensais pas être capable d'émotion pour ce genre de chose. Et pourtant.

C'était la maison où je m'étais sentie seule le premier hiver, et moins seule le second, puis de nouveau si terriblement seule quand on s'était quittés avec Simone. Je n'étais restée qu'un mois avant de retourner chez mon père. Mais, à cet instant, je me souvenais seulement des quelques semaines où j'y avais été heureuse avec Silvestro.

Mon canapé était encore là. Celui acheté quelques jours avant qu'elle ne me mette à la porte. On était debout, dans notre véranda.

« Il est resté, celui-là. On voit que personne n'en a voulu. »

« Il était si inconfortable ? »

« Non ! Au contraire. Et par rapport à l'autre… »

« Absurde. Si on l'a acheté c'est pour toi… »

« Je l'ai acheté pour moi. Et trois jours après, tu m'as fichu dehors. »

« Laisse tomber. »

« Comment ça, laisse tomber ? ! »
Elle se mit à rire.

« Laisse tomber. Et puis tu pouvais venir le reprendre. »

« Ce n'est pas mon genre. J'ai trouvé plus élégant de te le laisser. »

« Faut dire qu'il a une couleur horrible. »

« Mais qu'est-ce que tu racontes ! Il est d'une couleur superbe ! »

Ce canapé, à part ici et là quelques bibelots cassés, était l'unique objet qui restait. En revanche, de l'autre côté de la fenêtre, trônait le kaki, dépouillé et bien plus grand que lorsque, il y a dix ans, je l'avais apporté. Nous l'avons remarqué simultanément.

« Et ce kaki, tu me l'avais laissé exprès ou tu l'avais oublié ? »

« Ça m'avait paru un geste gentil. Et puis je n'avais pas envie de me le coltiner encore. Ah, merci de l'avoir planté. »

« Ça me donnait le cafard de le voir dépérir. Tu veux le reprendre ? »

J'ai fait un sourire vague et je me suis assis sur le canapé. C'est vrai qu'il n'était pas du tout inconfortable.

« Quoi qu'il en soit, elle est vraiment belle cette bicoque. On devrait peut-être s'associer. »

« Pour faire quoi ? »

« Pour la racheter à monsieur Tagliaferri. »

« C'est ça… Et Costanza, je la mets où, dans une demi-maison ? »

« Bah, Costanza est petite… »

« Mais elle va grandir. »

« Je lui ferai une maison sur le kaki… »

« Construis-la pour toi la maison sur le kaki ! »

« Je vais la faire, je vais la faire. Toi, tu partages la maison avec Costanza, et moi je m'installe sur le kaki. »

Après avoir marché plusieurs fois de long en large entre la chambre et la véranda, Camilla est venue s'asseoir près de moi. Elle était particulièrement belle avec cette lumière rose dans les cheveux.

Tout à coup elle est devenue sérieuse, elle m'a regardé dans les yeux tout en restant silencieuse. Elle ne paraissait pas triste, ni en colère. Elle était juste sérieuse, alors je suis devenu sérieux moi aussi.

« Pourquoi tu n'as pas rappelé ? »

« En fait, je voulais appeler, et puis chaque jour je me disais "demain"… »

« Réponds, pour une fois dans ta vie ! »

« Parce que j'ai eu peur. »

« De moi ? »

« De toi… de la petite… »

« Ah oui, je vois. C'est vrai que Costanza fait peur… »

Avec elle je me sentais toujours idiot.

« Et maintenant, je te fais peur ? »

« Oui, maintenant aussi. »

Je suis restée immobile. C'était à son tour d'agir.

Ce n'était pas le moment de parler, même si j'avais envie de dire n'importe quoi ou bien d'aller faire pipi pour me tirer d'embarras.

J'attendais qu'il m'embrasse, sur ce canapé orange couvert de poussière.

Qu'est-ce que je devais faire ?

Il m'a embrassée.

J'étais en train d'embrasser Camilla Sannucci.

Silvestro Noè. Quel foutu nom, je pensais. Mais qu'est-ce que c'est bien ce qui nous arrive !

Ça ne semblait pas vrai. On était dans la petite maison. Il ne faisait même pas tellement froid.

J'allais bientôt le voir nu.

Je n'avais aucune hâte. On s'est embrassés pendant Dieu sait combien de temps.

Ça m'a paru des heures. Comme des ados au jardin public. Et puis, peu à peu, on s'est déshabillés.

Je craignais que la voir nue me fasse un effet bizarre, que j'aurais trouvé ça blasphématoire, ou incestueux, je ne sais pas. En fait non. C'était beau. C'était beau, tout simplement. Ça valait la peine d'avoir attendu dix ans.

Il m'a regardée comme je ne pensais pas qu'il puisse le faire en étant sobre et il m'a dit des choses que je ne répéterai jamais à personne.

Pendant ce temps, dehors, il commençait à faire nuit. Tagliaferri nous trouverait comme ça.

Lexique

Acqua alta : période où la marée fait monter l'eau jusqu'à inonder les parties plus basses de la ville.
Sestiere (*sestieri*) : quartier(s)
Bacaro (bacari) : taverne ou bar à vin où l'on boit habituellement des spritz (apéritif à base de prosecco) en grignotant des *cicchetti* (tapas).
Gazzettino : journal de Venise.

Lieux :
Cà Foscari : université la plus ancienne de Venise.
Tessera : aéroport de Venise.
Tronchetto : île artificielle où se trouve le parking de Venise.

Remerciements

Ce livre doit beaucoup aux personnes qui ont travaillé avec moi au scénario du film tiré de cette même histoire : Isabella Aguilar, Davide Lantieri, ainsi que Federica Pontremoli et Miroslaw Mandic.

Je dois cependant à Isabella Aguilar un remerciement tout particulier. Non seulement pour avoir lu et relu le texte, mais surtout pour m'avoir aidé et constamment conseillé durant la rédaction du livre et la réalisation du film. Sans elle, rien de cela n'existerait.

En outre, je tiens à remercier Françoise Sorbelli et Stefano Mieli, mes parents. Eux aussi ont soigneusement épluché les épreuves, mais je les remercie surtout de m'avoir soutenu et encouragé, durant toutes ces années, dans mon choix de m'engager sur des voies incertaines telles que celles du cinéma et de l'écriture.

Fabrication : Amélie Dentan
Relecture-correction : Françoise Besseau et Vladimir Sichler
Composition : L'atelier des glyphes

Achevé d'imprimer par
Normandie Roto Impression s.a.s.
61250 Lonrai
N° d'impression : 1905063
Dépôt légal : novembre 2019

Imprimé en France